念楼学短
[修订版]
合集

毋相忘

锺叔河 著

人民文学出版社

序

汪 剑

"奉谨以琅玕一致问春君,幸毋相忘。"这是写在二十世纪初西域流沙中发掘出的汉代竹简上的一封短信。时间过去了两千年,奉和春君二人的躯体早已化为尘土;"幸毋相忘"这句沉甸甸的牵挂,却恐怕再过去两千年,仍会重击读到它的人的心灵,正如此刻的你我。

眼下的世纪,丰富得甚至过于拥堵。我们借助手机和网络,不断与识与不识的人交流;甚至可以借助人工智能写信、问候、表达……在语言文字中塑造一个"更好"的自己。但如果能认真想想,回看已经遗落身后的时光,远眺无法到达的未来,两千年以后,我们能留下些什么?面对这个倏忽更迭的时代,我们该如何来铭刻所思,记取日常,表达情感,互致问候,给不想彼此遗忘的人留下怎样的词句与回忆?

读着《念楼学短合集》中这些千年以来始终触动和照耀着人们,未来也仍会继续这样的短小文字,我想,我们应该会有一个更好一些、更明白一些的答案。

二〇二三年十一月二十七日于上海。

自 序 五

[原为2004年安徽教育出版社《学其短》自序]

"学其短"提倡短,好像只从文章的长短着眼,原来有的人便把它看成古文短篇的今译选本了。这当然也不算错,因为我"读"和我"曰"的,本都是我所喜欢,愿意与别人共欣赏;但我更愿意做的是,将其拿来作"由头",写我自己的文章。正所谓借古人的酒杯,浇胸间的垒块,这大概也还属于"夫人情所不能止者,圣人弗禁"的范围吧!

当然,既名"学其短",对"学"的对象必须尊重,力求不读错或少读错;不过将"贬谪"释读为"下放"的情形恐仍难免。虽然有好心的人提醒,贬谪是专制帝王惩罚臣下的恶行,下放是人民政府培养人才的德政,不宜相提并论。但在我看来,二者都是一个人从"上头"往"下头"走,从中心往边缘挪;不同者只是从前圣命难为,不敢不"钦此钦遵"克期上路,后来则有锣鼓相送,还给戴上了大红花,仅此而已。何况这又是在写文章不是办公事,于是兴之所至,笔亦随之,也就顾不得太多了。

公元二千零四年元旦日于长沙城北之念楼,时年七十又三岁。

毋相忘

关于《毋相忘》的说明

《桃李不言》是《念楼学短合集》五卷本的卷五，湖南原版所收的内容，详情如下：

"苏轼的短信九篇""邀约的短信十一篇""问候的短信十一篇""赠答的短信十一篇""倾诉的短信十一篇""文友的短信十一篇""说事的短信十一篇""劝勉的短信十一篇""家人的短信十一篇""临终的短信八篇"，计一百零五篇。

原本所收全是短信，无须再做调整，但所收一百零五篇，与前四卷相加总数为五百二十九篇，今特在最后一组"临终的短信"中加入一篇，使《合集》总篇数成为五百三十篇。

调整后详情为：

"苏轼的短信九篇""邀约的短信十一篇""问候的短信十一篇""赠答的短信十一篇""倾诉的短信十一篇""文友的短信十一篇""说事的短信十一篇""劝勉的短信十一篇""家人的短信十一篇""临终的短信九篇"，计一百零六篇。

五卷本皆以篇名作书名，《毋相忘》即"赠答的短信十一篇"第一篇之名。

目 录

[苏轼的短信九篇]

    何必归乡（与范子丰）.............. 002

    田家乐（与章子厚）................ 004

    黄州风物（答吴子野）.............. 006

    青灯（与毛维瞻）.................. 008

    谢寄茶（答毛泽民）................ 010

    谢饭（与程正辅）.................. 012

    苦涩的孤独（与林天和）............ 014

    邀饮茶（与姜唐佐秀才）............ 016

    八载重逢（与米元章）.............. 018

[邀约的短信十一篇]

    不知会晴不（王羲之·采菊帖）....... 022

    人生如寄（谢安·与支遁书）......... 024

    且住为佳（颜真卿·寒食帖）......... 026

    请来奏琴（王维·招素上人弹琴简）... 028

    一碗不托（欧阳修·与苏子容）....... 030

    邀住西山（袁中道·寄四五弟）....... 032

    去木末亭（王思任·简赵履吾）....... 034

    游秦淮（丁雄飞·邀六羽叔泛秦淮）... 036

莫负此清凉（张惣·与周栎园）． ． ． ． ． ． ． ． ． 038

　　一醉方休（吴锡麒·简张船山）． ． ． ． ． ． 040

　　明年再见（龚未斋·与孙星木）． ． ． ． ． ． 042

〔问候的短信十一篇〕

　　喜见手迹（马融·与窦伯向书）． ． ． ． ． ． ． ． ． 046

　　如何可言（王羲之·与周益州书）． ． ． ． ． ． ． ． 048

　　苦雨（欧阳修·与梅圣俞）． ． ． ． ． ． ． ． ． ． ． ． 050

　　悲士不遇（徐渭·与马策之）． ． ． ． ． ． ． ． ． ． 052

　　南京风景（陈衎·与何彦季）． ． ． ． ． ． ． ． ． ． 054

　　酒杯花事（陈继儒·与王元美）． ． ． ． ． ． ． ． 056

　　西风之叹（陈际泰·复张天如）． ． ． ． ． ． ． ． 058

　　寂寞（莫是龙·与徐文卿）． ． ． ． ． ． ． ． ． ． ． ． 060

　　举火不举火（杜濬·复王于一）． ． ． ． ． ． ． ． 062

　　告罪（郑燮·与光缵四哥）． ． ． ． ． ． ． ． ． ． ． ． 064

　　节序怀人（许思湄·复钱绳兹）． ． ． ． ． ． ． ． 066

〔赠答的短信十一篇〕

　　毋相忘（奉·致问春君）． ． ． ． ． ． ． ． ． ． ． ． ． ． 070

　　橘子三百枚（王羲之·奉橘帖）． ． ． ． ． ． ． ． 072

　　几张字（颜真卿·与卢仓曹）． ． ． ． ． ． ． ． ． ． 074

　　达头鱼（欧阳修·与梅圣俞）． ． ． ． ． ． ． ． ． ． 076

　　谢赠酒袭（徐渭·答张太史）． ． ． ． ． ． ． ． ． ． 078

两件棉衣（朱之瑜·与三好安宅）......... 080

谢赠兰（沈守正·与王献叔）........... 082

谢赠墨（宋祖谦·与陈伯玑）........... 084

笋和茶（胡介·与康小范）............. 086

故乡的酒（周圻·与黄济叔）........... 088

谢送花（朱荫培·答韵仙）............. 090

〔倾诉的短信十一篇〕

不失自我（张裔·与所亲书）........... 094

刀与绳（顾荣·与杨彦明书）........... 096

一口气（康海·答寇子惇）............. 098

梦想（莫是龙·与友人）............... 100

不要脸（陈孝逸·答朱子强）........... 102

相知就好（卓人月·与吴来之）......... 104

吃惯了苦（卓发之·与洪载之）......... 106

难忘的月光（黄虞龙·与宋比玉）....... 108

孤臣孽子（范景文·寄黄石斋）......... 110

他得先来（黄经·答因树屋主人）....... 112

妻死伤心（吴锡麒·寄邹论园）......... 114

〔文友的短信十一篇〕

小巫见大巫（陈琳·答张纮书）......... 118

哀乐由人（杜牧·献诗启）............. 120

难得洒脱（范仲淹·与石曼卿）.......... 122

以诗会友（欧阳修·与梅圣俞）.......... 124

不欲作（归有光·与周淀山）.......... 126

请删削（皇甫汸·与清甫表侄）.......... 128

以泪濡墨（宋祖谦·与吴冠五）.......... 130

选诗（顾梦游·与龚野遗）.......... 132

谈作诗（施闰章·与蒋虎臣）.......... 134

刻《文选》（王士禛·与顾修远）.......... 136

读书之味（朱幼清·与陆三）.......... 138

〔说事的短信十一篇〕

说写字（颜真卿·草篆帖）.......... 142

说挨整（吴武陵·与孟简书）.......... 144

说苏洵（欧阳修·与富郑公书）.......... 146

说果木（苏轼·与程天侔）.......... 148

说雅俗（黄庭坚·答宋殿直）.......... 150

说大伯（米芾·与人帖）.......... 152

说借书（归有光·与王子敬）.......... 154

说交友（钟惺·与陈眉公）.......... 156

说借钱（松尾芭蕉·与去来君）.......... 158

说荻港（吴锡麒·柬奚铁生）.......... 160

说官司（李石守·复友人）.......... 162

〔劝勉的短信十一篇〕

赶快走啊（范蠡·自齐遗文种书）........ 166

阿房即阿亡（冯去疾·与李斯书）........ 168

积极与消极（司马迁·与挚伯陵书）....... 170

戒阿谀奉承（严光·口授答侯霸）........ 172

绝交（朱穆·与刘伯宗绝交书）......... 174

勿禁渔（王胡之·与庾安西笺）......... 176

难为兄（邢臧·与王昕王晖书）......... 178

请宽心（文天祥·勉林学士希逸）........ 180

不可与同游（王思任·答李伯襄）....... 182

交好人（段一洁·与吴介兹）.......... 184

敬恕二字（曾国藩·与鲍春霆）......... 186

〔家人的短信十一篇〕

实至名归（班固·与弟超书）.......... 190

注重人格（司马徽·诫子书）.......... 192

为子求妇（虞翻·与弟书）........... 194

勿求长生（陈惠谦·戒兄子伯思）....... 196

将人当作人（陶潜·遗力给子书）....... 198

人与文（萧纲·诫当阳公大心书）....... 200

不可不守（颜真卿·与绪汝书）........ 202

贺侄及第（苏轼·与史氏太君嫂）...... 204

缓缓归（钱镠·与夫人书）.......... 206

惟君自爱（周庚·与夫子）............ 208

怎样习字（曾国藩·字谕纪鸿）......... 210

[临终的短信九篇]

不要造大墓（郝昭·遗令戒子）......... 214

记恨街亭（马谡·临终与诸葛亮）....... 216

生离（王献之·别郗氏妻）............ 218

死别（苏轼·与径山维琳）............ 220

义无反顾（韩玉·临终遗子书）......... 222

朝闻夕死（朱之冯·甲申绝笔）......... 224

切勿失信（史可法·遗书）............ 226

嬉笑赴死（金人瑞·字付大儿）......... 228

不要鸡心式（苏曼殊·与萧萱）......... 230

苏轼的短信九篇

何 必 归 乡

[念楼读]

从我住的临皋亭往下走,只几十步,便到了长江边。日夜奔腾的江水,至少有一半,是从我们四川的雪山上融化流下来的。住在这里,每日烧茶煮饭、洗脸洗脚用的全是它,我时时刻刻都在亲近故乡的山水,何必还要想着回乡呢?

江中的水,眼中的山,天上的风云,世间的景色,本来属于所有的人。无论是谁,无论在什么地方,只要有闲适的心情,便可以享受这一切,做它们的主人。

子丰君,住在新置的花园住宅中,你的感觉不知比我在此地如何?依我看,你还在做着京官,总不至于春秋两季要完税,更不会要交什么免役钱,这我就无论如何也比不上了。

[念楼曰]

东坡的文章好,所写的短信尤其出色。

写此信时,他谪居在临皋亭下,怅望着"犹自带,岷峨雪浪,锦江春色"的江水,怎不会忆及出川前后的历历往事?怎不会感慨比汹涌峡江更险恶的宦海波澜?而他却能以旷达的胸怀化解常人难解的郁结,满足于在此地能饮食沐浴故山之水……

像东坡这样,一个人只要能享受、会享受"本无常主"的风月江山,他乡也就是故乡了。

信末不忘对"两税"和"助役钱"略加嘲讽,显示出他的旷达并不是出于懦怯而假装出来的。大概还因为范子丰是彼此理解和同情的友人,所以才无须顾忌。

与范子丰

苏轼

临皋亭下,不数十步便是大江,其半是峨眉雪水,吾饮食沐浴皆取焉,何必归乡哉。江山风月,本无常主,闲者便是主人。问范子丰新第园池,与此孰胜?所不如者,上无两税及助役钱耳。

[学其短]

◎ 东坡的短信九篇,均据中华书局本《苏轼文集》选录,次序则按作者生平经历,未尽依原书卷次,本篇录自卷五十。
◎ 苏轼,字子瞻,自号东坡居士,北宋眉山(今属四川)人。
◎ 临皋亭,在黄州(今湖北黄冈),苏轼四十五岁至四十八岁时谪居于此。
◎ 范子丰,名百嘉,华阳(今属四川)人,与东坡友善。

田　家　乐

[念楼读]

　　我在东坡上修了陂塘，开了五十亩水稻田。自己参加耕作，家眷种桑养蚕，生活马马虎虎，总算过得下去。

　　前几天有条耕牛发病，快要死了。叫牛医来诊，搞不清楚是什么病。老妻过去一瞧，说是发"豆斑疮"，用青蒿熬粥灌它便能救治。照她所说的做，果然将它治好了。

　　请老友放心吧！不要以为，我苏轼下放到了黄州，就只在泥巴里头盘，成了纯粹一个老农夫。——不，我太太还有雅兴侍弄"黑牡丹"，安逸着呢！

　　老远地写信讲这些，你一定会觉得好笑，不是吗？

[念楼曰]

　　体力劳动有时确能给人带来快乐。《安娜·卡列尼娜》中的列文，和农奴一起干大活流大汗后，躺在干草堆上晒太阳时，说了句颇含哲理的话：

　　　　最有意义的事情是劳动，而报酬就在劳动本身。

我相信这是真诚的话，虽然流大汗的农奴未必如是想。

　　苏轼从文酒生涯中被搞到东坡上来"躬耕"，在这里也显得快乐。但他的心情和列文还有所不同，这是一种东方式的生活之艺术，即所谓黄连树下弹琴。特别是对章惇这位很可能有点幸灾乐祸，或者正在等待被遣谪者认错的"老朋友"，恐怕还有幽他一默的一层意思。

与章子厚

苏轼

某启。仆居东坡，作陂种稻，有田五十亩。身耕妻蚕，聊以卒岁。昨日一牛病几死。牛医不识其状，而老妻识之，曰：此牛发痘斑疮也。法当以青蒿粥啖之。用其言而效。勿谓仆谪居之后，一向便作村舍翁，老妻犹解接黑牛丹也。言此发公千里一笑。

[学其短]

◎ 本文录自《苏轼文集》卷五十五，作者时在黄州，于故营地之东得废圃躬耕，名之曰"东坡"，因而得了"东坡居士"这个名号。

◎ 章子厚，名惇，北宋浦城（今属福建）人，与苏东坡政见相反。

◎ 黑牡丹，水牛的戏称。唐五代时以赏牡丹为雅，有京师富人刘训邀客赏花，故意牵来水牛，指着对客人说："此刘家黑牡丹也。"

黄州风物

[念楼读]

　　一想起李六先生的死,应付人事的心情便越来越索然了;再读到他的诗,更不禁心中难过。

　　黄州这里的风土人情,和我还算相安;居家日用所需,也都容易弄到。家住长江边,窗下即是陡峭的江岸,坐在书桌旁,可以望见滚滚波涛,水天一色。对岸武昌一带的名胜,我也常常独自一人,坐渡船过江去游览。

　　老兄此次北行,能够绕点路,花几天工夫,来此地一游吗?

[念楼曰]

　　李六先生承之非常同情苏轼等"元祐党人"。唐介被贬谪,他赠诗云:"去国一身轻似叶,高名千古重如山。"吕献可去世,他又写道:"奸进贤须退,忠臣死国忧。吾生竟何益,愿下九泉游。"皆传诵一时。难怪苏轼"一览其诗,为涕下也"。

　　好朋友走了一个便少了一个,还在的便更加值得珍重,能邀约来相见自然是极为企盼的。但这也反衬出作者是多么渴望朋友,是多么寂寞。

　　被贬黄州,对苏轼来说很不公平。但他却能欣赏黄州的风土人情,笔下的江山是如此可喜,真可说是"此心安处,便是吾乡"。"此心"当然不会忘记朝廷的不公和权臣的阴险,但那是"人事",属于现实政治的世界。而他却有另一个世界,一个读朋友的诗、看江天一色的世界,容得他在其中写写信,写写诗,享受一点现实政治生活中无从享受的自由。

答吴子野

苏轼

每念李六丈之死，使人不复有处世意。复一览其诗，为涕下也。黄州风物可乐，供家之物亦易致，所居江上俯临断岸几席之下，风涛掀天，对岸即武昌诸山，时时扁舟独往。若子野北行，能迂路一两程即可相见也。

[学其短]

◎ 本文录自《苏轼文集》卷五十七，作者时在黄州。
◎ 吴子野，名复古，北宋揭阳（今属广东）人。
◎ 李六丈，即李师中，字诚之，北宋应天府楚丘（今山东曹县）人。

青 灯

[念楼读]

年将尽时，天气越来越冷，加上刮风下雨，蛰伏在家中，即使没什么特别不顺心的事，也不免无端地觉得凄凉。

只有到夜深人静时，在糊着纸的窗户下面，点上一盏油灯，让那青荧的灯光照亮摊开的书卷，随意读几行自己喜爱的文字，心情才会开朗起来，慢慢便觉得寂居的生活也自有趣味。只可惜无人与共，只能由我独享了。

你知道了，也会为我开颜一笑吧。

[念楼曰]

文人写读书生活，如宋濂之自叙苦读，顾炎武之展示博学，都很令人佩服，却不让人感到亲切。"绿满窗前草不除"，"仰视明月青天高"之类又嫌做作，总不如东坡此寥寥数语，写得出夜读之能破岑寂也。

东坡说"灯火青荧"，后来陆放翁又有诗云"青灯有味似儿时"，如今在电灯光下很难想象此种境界。抗战期间我一直在平江乡下，夜读全靠油灯，如果用的是清油，外焰便会出现青蓝色，正如炉火纯青时。三根灯芯的亮度略等于十支烛光，读木刻大字本正好。可惜我那时还不够格读东坡全集，只在《唐宋文醇》中接触过前后《赤壁赋》和《快哉亭记》等几篇。有光纸石印本的小说倒偷着看了不少，比七号还细的牛毛小字真把一双眼睛害苦了，弄得抗战胜利后进城读高中，就不得不戴上一副近视眼镜。

与毛维瞻

苏轼

岁行尽矣，风雨凄然，纸窗竹屋，灯火青荧，时于此间得少佳趣。无由持献，独享为愧。想当一笑也。

[学其短]

◎ 本文录自《苏轼文集》卷五十九，作者时在黄州。
◎ 毛维瞻，字国镇，北宋衢州西安（今浙江衢州）人。

谢 寄 茶

[念楼读]

　　惠寄的茶叶，风味极佳，数量也很不少。自从来到岭南之后，我还从来没有得到过这么多这么好的茶叶，不禁为之惊喜。

　　我正在慢慢品味它。此地还有几个懂得喝茶的人——有在家的读书人也有出家的和尚，有时也同来品尝。一时间吃不了的，便包好收起来了。

　　谢谢你的情谊，这是值得永远珍重的。

[念楼曰]

　　知堂《五老小简》文极赏此篇，称其：

　　　　随手写来，并不做作，而文情俱胜，正恰到好处。

以为孙、卢、方、赵诸人俱不能及。题《尺牍奇赏》时又云：

　　　　尺牍唯苏黄二公最佳，自然大雅。

"自然大雅"和"并不做作"，就是一个意思。

　　雅和不做作的反面，即是俗气的梳妆打扮和装模作样，这本是一切文章的大忌，尺牍乃私人之间的通信，不是写给大众看的，当然更怕这样。能够用简简单单几句话，把自己的意思或情愫朴素地传达给对方，那就很好了。

　　如今用手机发短信，简简单单几句话也许不成问题，但要不俗气不做作却不容易，这关乎人的修养、气质和风度，也不是看几篇苏东坡、黄山谷的尺牍便学得到的。但看总比不看好，这一点却可以肯定。

答毛泽民

苏轼

某启。寄示奇茗,极精而丰,南来未始得也。亦时复有山僧逸民,可与同赏此外。但缄而藏之尔。佩荷厚意,永以为好。

[学其短]

◎ 本文录自《苏轼文集》卷五十三,作者时在惠州,从五十九岁到六十二岁谪居于此。
◎ 毛泽民,名滂,北宋衢州江山(今属浙江)人。
◎ 缄而藏之,"藏"别一本作"去"。

谢　饭

[念楼读]

　　流落到了海边这个人生地不熟的处所，笑谈欢会的快乐本就十分稀罕，何况能和既是至亲又是故交如您这样的人相聚呢？真是高兴极了。但款待太殷勤，席面太丰盛，却又使我多少有些紧张，感到惭愧。

　　整夜交谈，精神极佳，足见贵体康健逾恒。听说您第二天就开船走了，很抱歉竟来不及备酒饯行，唯愿旅途多多保重，早日平安回府。

　　谨致祝福，言不尽意。

[念楼曰]

　　程之才虽是苏轼的姨表兄，又是苏轼的姐夫，但自苏轼的姐姐四十二年前在程家被虐待而死后，两家便绝交了。程之才此时是以提刑大夫的身份，被派到岭南来巡视的，他"很想弥补过去的争端，和这位出名的亲戚重修旧好"（林语堂《苏东坡传》第二十五章）。程也是位文人，能诗文，苏轼接受了他的好意，"从此他们的关系日见真诚，彼此互寄了不少书信和诗篇"（同上）。两个六十多岁的老者"相逢一笑泯恩仇"，也是颇有意思的事。

　　这只是一封应酬信。应酬本是尺牍的主要功能之一，能用平淡的语言写出真挚的意思，便是文情俱胜的好尺牍。收信人虽是老相识，却是新相知，故不能不讲客气；但东坡讲客气却并无虚文，一样现出了真性情、真面目。

与程正辅

苏轼

某启．漂泊海上一笑之乐固不易得．况义兼亲友如公之重者乎．但治具过厚．惭悚不已．经宿尊体佳胜．承即解舟．恨不克追饯．涉履慎重．早还为望．不宣．

[学其短]

- 本文录自《苏轼文集》卷五十四，作者时在惠州。
- 程正辅，名之才，是苏轼的表兄，又曾是苏轼的姐夫，此时在朝为官，奉派来岭南视察。

苦涩的孤独

[念楼读]

收到了来信,很高兴地得知,别后生活得很有意思,我的心也就放下了。

近几天晚上的月色极佳,正好在月下举杯同饮,可惜却无法做到。想必你也只能和我一样,呆呆地望着自己在月光下的影子,在没有朋友的难堪的寂寞中,默默地吞下这一杯苦涩的孤独。

此境此情,一时无法尽行倾诉,只能匆匆写下这几行。最要紧的是,务必请多多保重。

[念楼曰]

最早按文体分类编辑的《文选》六十卷中有三卷"书",李陵《答苏武书》、太史公《报任少卿书》便列在第一和第二。这些都是好文章,却不叫尺牍。谢在杭(肇淛)《五杂俎》卷十四云:

古人不作寒暄书,其有关系时政及彼己情事,然后为书以通之,盖自是一篇文字,非信手苟作者……自晋以还,始尚小牍。

这小牍便是尺牍,是信手写来叙寒暄通情愫的东西,完全属于私人性质,写得好更能表现个人的风格。尺牍的第一个名作者便是王羲之,《全晋文》有近五卷是他的尺牍(杂帖)。

但尺牍之入本集,有专本,却是宋人才有的事,苏东坡要算是写得最多也最好的。从此写作书信便越来越成为私人的事情,写得好的,能充分表达个人的情感和思想,便成为好的文学作品了。

与林天和

苏轼

某启.近日辱书.伏承别后起居佳胜.甚慰驰仰.数夕月色清绝.恨不对酌.想亦顾影独饮而已.未即披奉万万自重不宣.

[学其短]

◎ 本文录自《苏轼文集》卷五十五,作者时在惠州。
◎ 林天和,时在增城为县令,余未详。

邀饮茶

[念楼读]

雨过天晴,最是令人高兴。饭后我准备烹天庆观的乳泉,来泡极品的福建新茶,好好地享受一回。

想来想去,除你之外,再没有人可以请来同饮的了。

不过今天早市上买不到肉,只能吃素菜饭。如果不嫌弃,就请早些过来。

[念楼曰]

柴米油盐酱醋茶,过去人家开门七件事,茶列最后,可有可无。但在文人生活中,茶却重要得多,有许多讲究。比如用水,唐人有谓扬子江心水第一,无锡惠泉水第二;有谓庐山水帘洞水第一,无锡惠泉水第二。谁是第一到清朝还在争论,"天下第二泉"倒是举世认同,有瞎子阿炳《二泉映月》可证。

苏轼谪居儋耳,那里"百井皆咸",只有天庆观中的一孔泉,甘如"醪醴浑乳"。他尝"中夜而起,挈瓶而东",到那里汲水回来烹茶,作有《天庆观乳泉赋》。这就是他诗中写的"活水还须活火烹"和"大瓢贮月归春瓮"了。

有好茶好水,还须有人。《遵生八笺》云:

煮茶得宜,而饮非其人,犹汲乳泉以灌蒿莱,罪莫大焉。

喝茶虽是个人的事,若得一二解人同饮,佐以言谈,更有意味。如《岩栖幽事》所云,"一人得神,二人得趣,三人得味",这真是"得半日清闲,可抵十年的尘梦"(知堂语)。

与姜唐佐秀才

苏 轼

今日雨霁尤可喜。食已当取天庆观乳泉泼建茶之精者,念非君莫与共之。然早来市中无肉,当共啖菜饭耳,不嫌可只今相过。某启上。

[学其短]

◎ 本文录自《苏轼文集》卷五十七,作者时在儋耳,即今海南儋州市新洲镇,苏轼从六十二岁到六十五岁谪居于此。
◎ 姜唐佐,字公弼,宋琼山(今属海南)人。

八载重逢

[念楼读]

　　八年来，远隔岭外海南，和亲朋戚友断绝交往已经太久，说老实话，慢慢地也就不大关心了。

　　时常念想着的，只是米兄你那豪迈出群的才气，举世难及的文章，妙不可言的书法，什么时候才能让我重新领略，帮助我洗脱这八年来沾染的荒烟瘴气。

　　盼望的已经盼到了，其他的一切一切，也就用不着再多说了。

[念楼曰]

　　古人尺牍几十年来读过不少，尺牍的实物却到不久前才见到一回。那是一块长一尺多宽约寸半厚不过两分的木板，上写着：

　　　　弟子黄朝再拜问起居　　长沙益阳　　字元宝

墨写的黑字还很清楚，木的本色则已变成棕褐。因为它是东吴嘉禾年间的作品，在长沙地下埋藏了一千七百多年，1996年才出土。

　　见后的感想，第一便是墨写的字真耐久，派克（Park）、华德曼（Waterman）诸名牌蓝墨水断不能及。第二就是难怪古人行文简短，一尺多长的木板顶多宽两三寸，才便于投递，上面又能写多少字？和木牍竹简同时使用的还有帛书，汉魏以后又用上了纸，"载体"变了，后人写信于是越写越长。

　　但什么也不如电脑方便。据说有人在网上征异性朋友，日发信百封，长者千言。如要他削木板写毛笔，本领再大也不行。

与米元章

苏轼

某启.岭海八年.亲友旷绝.亦未尝念.独念吾元章迈往凌云之气.清雄绝俗之文.超妙入神之字.何时见之以洗我积年瘴毒耶.今真见之矣.余无足言者.不一一.

[学其短]

◎ 本文录自《苏轼文集》卷五十八,作者时已北归,苏轼六十六岁才从岭外回江南。
◎ 米元章,名芾,润州(今江苏镇江)人。
◎ 岭海八年,苏轼于绍圣元年(1094年)贬岭南,建中靖国元年(1101年)始北归。

邀约的短信十一篇

不知会晴不

[念楼读]

不知近况如何?怎样打发这漫长的日子?

初九日去不去采菊花呢?到时很想和你同去,只不知道天会晴不会晴。

[念楼曰]

《全晋文》从卷二十二后半起,一直到卷二十六的一大半,收的全是王羲之的"杂帖"也就是短信。写信当然不会另外再取题目,《采菊帖》这个题目,跟《狼毒帖》《鹰嘴帖》一样,都是后人取的。

蔡元培挽鲁迅,称赞他的"托尼学说,魏晋文章"。将鲁迅比托尔斯泰也许不伦,但魏晋文章的简淡潇远的确比后世有的"古文"好得多。

字写得好的人,文章亦赖此得传。王羲之的书法,在当时便人见人爱,寸楮尺素,都被珍重收藏。在《全晋文》中,他共占了五卷,五卷中"杂帖"又占了四卷多。后世苏东坡、黄山谷、郑板桥等人的零笺片语也都能收入全集,流传后世,就是这个缘故。

王羲之的信也确实写得好。周作人称其"文章与风趣多能兼具",又"能显出主人的性格",所以得与书法同样见重。像这本只是一封普通的约会信,而娓娓道来,自然亲切,尤其最后一句"但不知当晴不耳",活生生写出了想去采菊的心思,抑又何其有情致耶。持与今人约会的短信相较,真不禁有今不如古之叹。

采菊帖

王羲之

不审复何以永日。多少看未。九日当采菊不。至日欲共行也。但不知当晴不耳。

[学其短]

◎ 本文录自《王右军集》卷二。
◎ 王羲之,字逸少,东晋琅琊(今山东临沂)人,后定居会稽(今浙江绍兴),曾为右军将军。

人生如寄

[念楼读]

  时刻挂念着你,听说已去剡溪养病,放心不下,更是整天郁闷。所闻所见,徒增伤感,觉得人生真如匆匆过客,再也没有什么赏心乐事。甚盼与你相见,快谈一日,便可消千载之愁。

  吴兴是一山城,十分闲静,疗养环境不比剡溪差,医药方面还有特色。所以希望你能前来,既可弘扬佛法以结善缘,更可畅叙友情慰我长想。

[念楼曰]

  这是谢安从吴兴写给好友支遁和尚的一封信,约他来吴兴会面畅谈,同时疗养治病。

  支遁这时正在剡溪,这可是一处文化上相当著名的地方。李白诗:

    湖月照我影,送我至剡溪。

    谢公宿处今尚在,绿水荡漾清猿啼。

  此谢公指谢灵运,乃是谢安的侄曾孙。在《世说新语》中,谢氏诸人屡屡出现。他们逃禅游仙,和支遁这样的高僧交朋友,充分表现了"六朝人物"精神生活的多方面。

  在写给支遁的这封信中,谢安完全放下了当宰相、任征讨大都督的架子,他先说人生如寄,当求快意,继言吴兴有知己,可以晤言消愁,一句话,就是要懂得"风流得意之事"的和尚快点来。这和他指挥淝水大战,得胜后淡淡地说"小儿辈顷已破贼",正是同一风度。

与支遁书

谢 安

思君日积,计辰倾迟,知欲还剡自治,甚以怅然。人生如寄耳,顷风流得意之事,殆为都尽。终日戚戚,触事惆怅。惟迟君来,以晤言消之,一日当千载耳。山县闲静,差可养疾,事不异剡,而医药不同,必思此缘,副其积想也。

[学其短]

◎ 本文录自《高僧传》卷四。
◎ 谢安,字安石,东晋阳夏(今河南太康)人。
◎ 支遁,即支道林,东晋僧人。
◎ 剡,地名,在剡溪(曹娥江上游),今浙江嵊州市南境。

且住为佳

[念楼读]

天气真不好,是不是一定得走?眼看就要过节了,如果还能够多住几天,我看也好吧!

[念楼曰]

此信全文不过二十二字,是留人(称之为"汝",应是他的晚辈,或是年轻的朋友)多住几天再走的,也属于邀约的性质。

古时行路难,故很重去留。而人生也就是一次漫长的旅行,同为过客,总是聚少离多,"且住为佳"实在是一种艺术的生活法。

颜鲁公此篇,也是因书法流传下来的。二十二个字的寥寥数语,又何其深情雅致,真像是一首小诗,不能不令人倾心拜倒。

后来辛稼轩作了一首《霜天晓角·旅兴》:

吴头楚尾,一棹人千里。休说旧愁新恨,长亭树,今如此。　宦游吾倦矣,玉人留我醉。明日落花寒食,得且住,为佳耳。

后几句即全用《寒食帖》语,也是传诵不衰的一首好词。

寒食帖

颜真卿

天气殊未佳，汝定成行否。寒食只数日间，得且住为佳耳。

[学其短]

- 本文录自《全唐文》卷三百三十七。
- 颜真卿，字清臣。唐京兆万年（今西安）人，祖籍临沂（今属山东），封鲁郡公。

请来奏琴

[念楼读]

　　我从尘嚣纷攘中逃出来,一进入山林泉石的佳境,四壁的图书任我披览,心神立刻清爽了。

　　渴盼上人能在午前抱琴而来,为我一挥手,让你的琴声,使这里的一切更加美好和生动。

[念楼曰]

　　王维"闲爱孤云静爱僧",富贵中人偏爱跟和尚来往。这位素上人的琴艺能得到王维赏识,并得其发信请到尚书右丞的辋川别墅来"挥弦",肯定是一位有文化懂艺术的高级和尚。

　　此信只三十三字,要言不烦,毫不掩饰自己"乍脱尘鞅,来就泉石"的快乐心情,又很细致地照顾到了僧家的生活习惯。"禺俟",就是在午前敬候;因为和尚过午不食,要设素斋款待,当然得请上人午前来。

　　王维是大诗人,大画家,非常懂得生活的艺术。他又是大官僚,有钱财,有园林,也有条件营造"艺术的生活"。这一切,三十三个字表现得淋漓尽致。

　　都说王维"诗中有画,画中有诗",又说他的作品有禅味,信中也充分体现了这种独特的风格,营造和追求的是一个恬静清寂的世界。这和他的诗句"松菊荒三径,图书共五车","松风吹解带,山月照弹琴",可以互为表里。

招素上人弹琴简

王维

仆乍脱尘鞅,来就泉石。左右坟史,时自舒卷。颇觉思虑斗然一清,禺佊挥弦写我佳况。

[学其短]

◎ 本文录自《全唐文》卷三百二十五。
◎ 王维,字摩诘,唐河东(今山西永济)人。
◎ 素上人,一位和王维交好的僧人。

一碗不托

[念楼读]

天气终于放晴,而且晴得这样令人高兴,出城的计划一定要实行了吧?不过路上的泥泞还没全干,少不了劳累。

清明节来我处小聚,切盼你和唐公不要失约。不过想请你们吃一碗汤饼罢了,十分简单的。

请一定来,见面再畅谈,这里就不再多说了。

[念楼曰]

欧阳修约请客人,比起王维来,气派便很不同。两人都是大官、大文豪,都有文人雅兴:王显得潇洒,欧却显得朴素,此即个性与风格的差异。

不托是什么,欧阳修自己在《归田录》中说:"汤饼唐人谓之不托,今俗谓之馎饦矣"。那么馎饦又是什么呢,据《齐民要术》的介绍应当是面片;而汤饼本可指所有水煮的面食,我看还是饺子或馄饨才对。

饺子和馄饨都是产麦食面的地方普通待客的食物,并不奢华。欧公此时早已为官,此等均系厨中应有之物。苏颂学识渊博,官也做得更大,如果只是请他和唐公来吃一碗面片,未免有点装寒酸,一装,也就不朴素了。

其实唐宋时士大夫的生活已日益精致化,段成式《酉阳杂俎》云,"萧家馄饨,漉去汤肥,可以瀹茗",某宋人笔记中也说,某名士家厨之饼可映字,馄饨汤可注砚。六一居士并不是不讲究生活的人,我想他家的那"一碗不托",总也与此相去不远。

与苏子容

欧阳修

某启.晴色可佳必遂出城之行.泥泞窃惟劳顿.清明之约幸率唐公见过吃一碗不托尔余无可以为礼也专此不宣.

[学其短]

- ◎ 本文录自《欧阳文忠全集》卷一百四十五。
- ◎ 欧阳修,字永叔,谥文忠,北宋庐陵(今江西吉安)人。
- ◎ 苏子容,名颂,北宋福建路泉州同安县(今属厦门)人。
- ◎ 唐公,疑或是唐介(子方)。
- ◎ 不托,汤饼。

邀住西山

[念楼读]

山上正在陆续盖房,已经建好了一个亭子。我晨起后先读几卷佛经,倦了便往亭中坐坐。

从亭中闲看西山,青蓝的底子上渲染着别的颜色,笔意近似米家父子一派。午后又散步到钟乳石窟那里去听泉,自觉精神一天比一天好,各种病都没有再发。

两弟有意来游,极是好事。到三月初,花会开得更好,鸟儿啼唱得也会更有精神。那时欢迎你们来小住几个月,享受一下山里的烟云、林泉的合奏。

[念楼曰]

晚明文字能别开生面的,多推"公安三袁"。中道长兄宗道(伯修)、二兄宏道(中郎),皆以文章名世,其"四五弟"则并不知名。

"三袁"之中,伯修居长,又先中进士入翰林,当然是带头的;中郎著作最多,影响最大,是"公安派"的主将;小修"有才多之患"(钱牧斋语),成绩虽稍逊中郎,文采则不遑多让。其《游西山十记》,好像在有意和伯修《西山五记》比高低,可读性实在更强;写人物的《回君传》,持与中郎有名的《拙效传》相较,也有青出于蓝的表现。

约弟来游,为述山中景物,堆蓝设色,花鸟新奇,信中文字,亦可谓"烟云供养,受用不尽"矣。

寄四五弟

袁中道

山中已有一亭，次第作屋。晨起阅藏经数卷，倦即坐亭上看西山一带堆蓝设色，天然一幅米家墨气。午后闲走乳窟，听泉精神日以爽健，百病不生。吾弟若有来游意，极好。三月初间花鸟更新奇，来住数月，烟云供养，受用不尽也。

[学其短]

◎ 本文录自施蛰存《晚明二十家小品》。
◎ 袁中道，字小修，晚明公安（今属湖北）人，与兄宗道、宏道合称"三袁"。

去木末亭

[念楼读]

秦淮河已经成了澡堂子,浊秽不堪。夫子庙前更是人流混杂,实在无法停留。那里的什么"包酒",闻都闻不得,更不要说进口了。

还不如去木末亭玩吧,在那里可以吃高座寺的饼,叫一份鱼一份肉,喝上两斤惠泉酒,那才叫快活哩。

[念楼曰]

王季重的文章,喜欢用诙谐的口气进行调侃戏谑,这是许多人喜欢他或不喜欢他的原因。

有人说:"季重滑稽太甚,有伤大雅。"从他自己选入《悔谑》的下面这一则看:

> 陈渤海有丽竖拂意,斥令退后,此僮怃然。谑庵曰:"你老爷一向如此,用人靠前,不用人靠后。"

"丽竖"即长相好看的幼年男仆,是供主人发泄变态性欲用的。谑庵曰"用人靠前",即暗示男性间的性行为。他以男色为谑,的确不很"雅"。但从整体上看,他开的玩笑里头,可以看出对于病态社会的针砭,与大多数黄色笑话仍有区别。

此信邀姓赵的朋友去游木末亭,其实是阻止他去游秦淮河。木末亭不知在什么地方,总不会在南京闹市吧,我想。

简赵履吾

王思任

秦淮河故是一长溷堂,夫子庙前更挤杂,包酒更嗅不得,不若往木末亭吃高座寺饼,饮惠泉二升一鱼一肉何等快活也。

[学其短]

◎ 本文录自周亮工《尺牍新钞》卷十。
◎ 王思任,字季重,号谑庵,明末山阴(今绍兴)人。
◎ 赵履吾,未详。
◎ 秦淮河、夫子庙,都在南京闹市区。
◎ 惠泉,酒名,出无锡惠山。

游 秦 淮

[念楼读]

　　普普通通几样小菜，本地出产的一瓶白酒，招待实在太寒碜。可是趁着毛毛雨，你我二人，一叶小船，自斟自饮，娓娓清谈，在争喧斗艳的秦淮河上，亦未尝不可以另外创造一个小小的清静世界。

　　那些劲歌金曲、陪酒女郎，本来就庸俗喧嚣得讨厌，我们是不会感兴趣的，不是吗？

[念楼曰]

　　王思任说秦淮河已经成了个大澡堂，不要去游；丁雄飞却说在这里躲在船中"自有一种清境"，邀叔叔去泛舟。如此脱略，大概是"少年叔侄如兄弟"，不必拘泥礼数吧。

　　王丁二人，尽可以有不同的看法。其实，王思任未必那么怕挤杂，丁雄飞也未必只喜欢野蔬村酿。文人气性，想怎么说就怎么说，至少在晚明还有这么点自由。

　　秦淮艳地，本是公子哥儿、富贵闲人流连的地方。直到今天，写董小宛冒辟疆、李香君侯方域他们的作品，还在大肆美化这种"牙板金樽"的生活。殊不知当时就有丁家叔侄这样的人，宁愿追求"一种清境"，十分鄙视河上的俗气。

　　而在"现代"作品中，妓女和嫖客被写成了朱丽叶和罗密欧，桨声灯影里早就没有丁家叔侄此类书呆子的座位了。

邀六羽叔泛秦淮

丁雄飞

野蔬村酿,不足道也,第微雨飘舟,小杯细语,觉秦淮艳地自有一种清境留与我辈,牙板金樽,徒增俗气耳。

[学其短]

◎ 本文录自周亮工《尺牍新钞》卷八。
◎ 丁雄飞,字菡生,晚明江浦(今南京浦口)人。

莫负此清凉

[念楼读]

小船早已停泊在绿荫深处,酒菜也预备好了,你这位主角请赶快动身来吧。

别人在这里已经等得够久了。真希望你快来,用这里充满荷香的冷风,来扇醒大家的瞌睡,不然的话,岂不白白辜负了这夏日中难得的一片清凉。

[念楼曰]

读晚明人的文字,总有一种和读唐宋古文不同的感觉,那就是他们并不一定想讲什么道理,只是把自己想讲的话讲出来,而又总是讲得那么别致,那么不落俗套。张惣在"绿阴深处"停船待客,是宁愿摒弃俗艳繁华,想从清静中得到点安闲,正是晚明读书人常有的一种生活态度。

《儒林外史》是写明朝读书人的小说。小说中的杜少卿,即属此类人物,也是作者吴敬梓的影子。吴敬梓在小说末尾的词中写道:

记得当时,我爱秦淮,偶离故乡。

向梅根冶后,几番啸傲;

杏花村里,几度徜徉。……

虽说"我爱秦淮",可是偶离故乡来到此地,喜欢去的却是梅根冶、杏花村这类"一片清凉"之处,并不想到河房的风月场中凑热闹。

吴敬梓是清朝人,其精神气质却是晚明的,甚可爱也。

与周栎园

张 惚

绿阴深处舣舟载酒相待久矣，主人翁须亟来，借芰荷风泠然醒之。否则一片清凉恐彼终付瞌睡中耳。

[学其短]

- 本文录自周亮工《尺牍新钞》卷十。
- 张惚，字僧持，明江宁（今南京）人。
- 周栎园，名亮工，谱名为圢，号栎园。明末清初祥符（今开封）人，即《尺牍新钞》的编者。

一醉方休

[念楼读]

园里的莲花已经盛开,成片成堆红色的、粉红色的花朵下面,许许多多鱼儿在往来游戏。因为莲花多而且密,田田的莲叶则更多更密,鱼儿又游动得相当快,古乐府所写的:

鱼戏莲叶东,鱼戏莲叶西,

鱼戏莲叶南,鱼戏莲叶北。

在这里就只见鱼儿在游,却说不出鱼的东西南北了。

欢迎你来此一游。如果能来,会为你切好雪白的藕丝,剥出新鲜的莲子,还有绍兴的女儿酒,一定会让你喝个一醉方休。

[念楼曰]

吴锡麒和张问陶,都是乾嘉时期诗坛的领军人物。他们的诗,当时传诵极广,至今的清诗选本中也还在选,如吴锡麒的《雨中过七里泷歌》中写船上饮酒:

玉壶买春雨堪赏,尺半白鱼新出网。

饮酣抱瓮卧船头,听得舟人齐拍掌。

张问陶的《阳湖道中》写江南春色:

风回五两月逢三,双桨平拖水蔚蓝。

百分桃花千分柳,冶红妖翠画江南。

诗人请诗人来喝酒的短信,写出来不是诗也是诗。我只能借梁晋竹(绍壬)一句现成的话来形容:"甚矣,文人之笔足以移情也。"

简张船山

吴锡麒

园中荷花已大开矣。闹红堆里不少游鱼之戏。惟叶多于花,浑不能辨其东西南北耳。倘能来当雪藕丝剥莲蓬。尽有越中女儿酒。可以供君一醉。

[学其短]

◎ 本文录自叶楚伧《历代名人短笺》。
◎ 吴锡麒,号穀人,清钱塘(今杭州)人。
◎ 张船山,名问陶,清遂宁(属四川)人。

明年再见

[念楼读]

在口外"帮闲"了三年,建议不被采纳,提意见也没人听;如果还继续待下去,脸皮就太厚了。因此我决定回南,腊月初就雇车动身。

远离好友,不免伤感。明年冬天,我仍将北上。韩文公说,"燕赵多慷慨悲歌之士",朋友正应该在这里结交。后会有期,用在这里并非套话,那我们就约定明年再见吧。

[念楼曰]

后会之期,约定在"晚岁之冬",时间显得长了点,但仍然是约会。古时生活节奏慢,从关外到江南,单程就要一个来月(回家过年得腊初起程),那么为期也并不太远吧。

在关外"淹滞三年",龚君似乎并不得意。他的身份是一名幕友,俗称"师爷",即被官员聘请去办文案的人。在明清两代,这也是读书人考试不利后的一条出路。其中虽出过左宗棠那样的人物,但大多数都是在橐笔佣书,用今天的话说就是受雇的文员,得看东家的脸色行事,自己做不得自己的主的。

《雪鸿轩尺牍》和《秋水轩尺牍》,在晚清社会上相当普及,几乎成了写信的范本,民国时期仍余风未泯,这当然是抬高了它们。但平心而论,它们的文辞还比较讲究,所反映的中下层士人的生活,也有一些社会文化史的价值,亦不必一笔抹杀。

与孙星木

龚未斋

居庸关外淹滞三年,谏不行言不听,而犹未去,则可愧之甚矣。兹已决意南旋,腊初买车起程,惟与知己远违,未免快怅。明岁之冬仍作北游,慷慨悲歌之士,总在燕南赵北之间,后会正可期耳。

[学其短]

◎ 本文录自龚未斋《雪鸿轩尺牍》。
◎ 龚未斋,字萼,号雪鸿,清会稽(今绍兴)人。
◎ 孙星木,未详。

问候的短信十一篇

喜见手迹

[念楼读]

所遣奴仆来送书信,见到了你的手迹,十分高兴,差不多等于执手晤面了。

信纸虽然只有两张,每张上有八行,每行七个字,七八五十六,也就得到你的一百一十二个字了。

[念楼曰]

马融是著名学者,又做过不小的官。据说他"绛帐传经",听讲的生徒常有千人,绛帐后设女乐,看得出是一个有学问、富感情、广交游的人。窦章出身名门,史称其"少好学,有文章",正是交朋友的合适对象。从此信看,他们二人的友情是很真挚的。

在此信中,马融别具一格地一个字一个字地数出来信的字数,这既说明他对友人窦章手迹的珍重,又显出一种书呆子式的幽默,读来风趣盎然。

窦章的来信写了一百一十二个字,马融的去信更短,只写了三十七个字。那时纸刚发明,原来信写在尺把长的木牍上(故称"尺牍"),一百一十二字要算是一封长信了。

孟陵当然不会是"奴"的名字,那么是不是帮窦章送信给马融的人也就是"奴"主人的名字呢?如果它不是人名而是地名,这地方又在哪里呢?难道是广西苍梧吗?

与窦伯向书

马 融

孟陵奴来,赐书见手迹,欢喜何量。次于面也。书虽两纸,纸八行,行七字,七八五十六字,百一十二言也。

[学其短]

◎ 本文录自《全后汉文》卷十八。
◎ 马融,字季长,东汉茂陵(今陕西兴平)人。
◎ 窦伯向,名章,东汉平陵(今陕西咸阳)人。
◎ 孟陵,广西苍梧的古称。

如何可言

[念楼读]

自与吾兄话别,于今已二十六年。虽常通信,亦未能尽吐胸怀。读先后两次来书,不禁伤感。

近日大雪严寒,五十年来所未有,不知吾兄体气如常否?明年夏秋,希望仍能再得来信。

悠悠往事,实在一言难尽。我服药已久,效果也只平平,无非过一年算一年,只要今年不比去年太差就算不错了。吾兄可要多多爱护自己的身体。

暂时就写了这些,忆念老友的怅惘之情,却是写也写不尽的。

[念楼曰]

王羲之这封信,在明代张溥所编的《汉魏六朝百三名家集·王右军集》卷一中,是分作两封信的。"如何可言"以上题作《积雪凝寒帖》,以下题作《服食帖》,而统归于《十七帖》。从文义看,这样似有割裂之嫌,于是便依《全晋文》卷二十二作为一封信了。

关于《十七帖》,张彦远《法书要录·右军书记》云:

> 十七帖长一丈二尺,即贞观中内本,一百七行,九百四十二字,是烜赫著名帖也。十七帖者,以卷首有"十七日"字,故号之。

原来这是唐太宗叫人将王羲之二十多封信接起来裱成一个长卷,作为书法的标本,故号之"帖";称"十七帖",则因第一行开头为"十七日先书"等字,并不是只有十七封。

与周益州书

王羲之

计与足下别廿六年,于今虽时书问,不解阔怀。省足下先后二书,但增叹慨。顷积雪凝寒,五十年中所无。想顷如常,冀来夏秋间或复得足下问耳。比者悠悠,如何可言。吾服食久,犹为劣劣。大都比之年时,为复可耳。足下保爱为上。临书但有惆怅。

[学其短]

◎ 本文录自《全晋文》卷二十二。
◎ 王羲之,见第23页注。
◎ 周益州,名抚,字道和,东晋浔阳(今江西九江)人,永和三年为益州刺史。

苦 雨

[念楼读]

　　这雨落个不停,落得人的情绪低到了极点。路上又全是泥泞,不能前往书局相见,只能写信问好了,想必你的身体和精神,一定都很佳胜。

　　我的手指痛得厉害,如今执笔写字都感困难,恐怕要成为残废。难道是天老爷怜惜我写字写得太苦,想用这个办法让我休息吗?

　　真是闷得受不了啊!

[念楼曰]

　　"苦雨"这个题目是周作人的,文章则发表在民国十三年(1924年)七月二十二日的《晨报副镌》上,乃是写给"伏园兄"的一封信,一开头就说:

　　　　北京近日多雨,你在长安道上不知也遇到否,想必能增你旅行的许多佳趣。雨中旅行不一定是很愉快的,我以前在杭沪车上常遇雨,每感困难,所以我于车上的雨不能感到什么兴味……

人们在雨天的情思总是抑郁的,泥深路烂无法出门会见朋友,当然更加抑郁,再加上病痛,就只有靠写信来排遣了。

　　现代化减少了气候对人们生活的影响,"苦雨"的感觉在城市里便不太强烈。若只从"实用主义"的角度看,这当然是文明进步带来的好处,但对于古人的这类情怀,却不免越来越隔膜了。

　　周氏信中又诉说雨水对他的生活带来种种不便,故而"苦雨"。这种心情,和欧阳修与梅圣俞信中所写的,我看差不多。

与梅圣俞

欧阳修

某启.雨不止情意沉郁.泥深不能至书局.体候想佳某以手指为苦旦夕来书字甚难恐遂废其一支岂天苦其劳于笔砚.而欲息之邪闷中谨白

[学其短]

◎ 本文录自《欧阳文忠全集》卷一百四十九。
◎ 欧阳修,见第31页注。
◎ 梅圣俞,名尧臣,北宋宣城(今属安徽)人。

悲士不遇

[念楼读]

　　头发白了，牙齿也松动了，还得带着一支秃笔，走上几千里路，夜夜在冷炕上滚来滚去。这就像一头老牛，跌跌绊绊拉不动犁，眼泪流淌在磨破了的肩膀上，够惨的了。

　　每到菱角笋子上市时，我常常一个人呆坐着，一颗心却奔向远方，奔向了故乡，只想着故乡的朋友和风物。想得最多的，便是策之你那里了。

　　架上的书，请好好收拾保存着。回乡后如果我身体还好，就来和你同读，好吗？

[念楼曰]

　　董仲舒作《士不遇赋》，他自己倒是"遇"到汉武帝，得到他赏识，做了大官。赋中提到的"不遇"之士六人，卞随、务光、伯夷、叔齐、伍员、屈原，或则不愿为君王服务，或则愿为君王服务而不可得，都走上了绝路。中国的士人（读书人）的命运，全得看是"遇"还是"不遇"，确实可悲。

　　士（读书人）一多，官有限，"遇"的机会越来越少，"不遇"者自然越来越多。如果你能乐天知命，也还罢了；如果不安分，在不允许独立、不给你自由的政治社会条件下，偏想追求自由独立，像徐文长这样，那就只得"营营一冷坑上"，靠"一寸毛锥"向策之倾诉自己的"不遇"之悲了。

　　但徐文长的文字好，他漂泊在异乡，将萦绕心头的故乡友人、儿时食物和读过的旧书娓娓道来，仍能传之后世。

与马策之

徐 渭

发白齿摇矣,犹把一寸毛锥走数千里道,营营一冷坑上,此与老牯踉跄以耕,拽犁不动而泪渍肩疮者何异,噫可悲也。每至菱笋候,必兀坐神驰而尤摇摇者,策之之所也。厨书幸为好收藏归,而尚健,当与吾子读之也。

[学其短]

◎ 本文录自《徐文长文集》卷十七。
◎ 徐渭,字文长,明山阴(今绍兴)人。
◎ 马策之,徐渭的学生,余未详。
◎ 坑,疑为"炕"。

南京风景

[念楼读]

雨花台的一大片草坪,又密又软又整齐,像一床厚厚的绿色的毯子,坐卧在上面都看不见泥土,这是别处难得见到的。

栖霞山往祖堂去的那条石级路,两旁的风景十分幽静,也大可流连。清凉寺前的山坡上,视野开阔,给人的感觉则非常旷远。

我常去这几处地方走走,深深地感觉到了大自然无穷无尽的美。这对于孤寂空虚的心灵,的确是一种洗涤,一种抚慰。告诉给你,相信你一定会为我高兴。

[念楼曰]

给朋友讲自己的生活,讲自己开心的事,讲此处的风光,讲此处可以游目骋怀的地方,也是一种问候的方式,往往更能引起对方的兴趣,增进彼此的感情。因为问候本即是关心,自己要关心对方,对方也在关心自己,报告这些,比一般问讯更为具体,也更显得亲切。

陈磐生给何彦季讲的是南京风景,是雨花台的草坪,栖霞山的磴道,清凉寺的前坡,是他自己对这几处风景的感觉。古人写风景,无论用韵文,用散文,多是写自己的感觉,将物(客观世界)与我(主观精神)结合得很好。

与何彦季

陈衍

雨花台细草绵软如茵,坐卧其上不见泥土,他山所无也。摄山往祖堂磴道幽甚,清凉寺前草坡平旷极宜心目。弟于数处皆时游憩,内养不足,正借风景淘汰耳。

[学其短]

◎ 本文录自周亮工《尺牍新钞》卷一。
◎ 陈衍,生卒年不详,字磐生,明侯官(今福州)人。
◎ 何彦季,未详。

酒杯花事

[念楼读]

与公别后,我的春天都从书页中悄悄翻过去了,再也没有闻过门外的花香和酒气。

回想起那次同游佛寺,在鸟鸣草绿生气盎然的环境中,我们的兴致是多么高,谈论得多么畅快。这种美妙情景,恐怕只能从梦中再去追寻了。

[念楼曰]

前面说过,士有"遇"有"不遇"。"遇"本来只有遇得君王的赏识,才能"出仕"做官。但到后来,又有了第二条路——像陈眉公这样做"山人"。

"山人"不必做官,只要做"翩然一只云间鹤,飞去飞来宰相衙"便得了。信是写给王元美的,此王公即当朝宰相王世贞,"追随杖履"之后,"酒杯华(花)事"便可以尽情享受。当然这得有本事,即写得出这样的信来。

"从句读中暗度春光,不知门外有酒杯华(花)事",对于"行乐须及时"的人来说,的确是很大的损失。但是,生活中看来仍有"从句读中"寻求快乐的人,陈眉公自己倒不一定是这样的。

有人说周作人不问世事,整天面前摊着一本书,院子里花开花谢全不知道,这就简直是连门内的花事也不关心了。试问:若书中无乐趣,又怎能达到此种境界?而能不知花事但知读书,无论是对社会还是对个人,又究竟是好事还是不好呢?

与王元美

陈继儒

别来从句读中暗度春光,不知门外有酒杯华事,每忆祇园昙观,草绿鸟啼,追随杖履之后,笑言款洽,如此佳况忽落梦境矣。

[学其短]

◎ 本文录自施蛰存《晚明二十家小品》。
◎ 陈继儒,号眉公,晚明华亭(今属上海)人。
◎ 王元美,名世贞,明太仓(今属江苏)人。
◎ 华,同"花"。

西风之叹

［念楼读］

　　住在城中，被这里的一班关系户包围着。真像那个当了丞相府长史官的张君嗣，人们都来找长史官，却不知道张君嗣本人已经累得要死，烦得要死了，真不知该如何才能应付得好，应付得了。

　　和你相去得这么远，无法像从前那样，以自由之身在山野中随时晤谈，纵情欢笑。想想张季鹰西风起时为了故乡的莼菜鲈鱼弃官回家，的确可以理解；但比起他的决心和毅力来，又只能自愧不如。

［念楼曰］

　　士人侥幸得"遇"，做上了官，若能完全融入官僚政治的体制，无论升降浮沉，都会各得其所。如若不能或不完全能够如此，则苦恼就难得避免。此陶渊明之所以赋"归去来"，张君嗣之所以"疲倦欲死"也。

　　此信中最后两句，用了《晋书》中的典故。张翰（季鹰）原在外为官，以秋风起，思吴中鲈鱼莼菜之味，叹曰：

　　　　人生贵得适意，何能羁宦数千里以要名爵乎。

遂辞官回家了。

　　张君嗣的故事见后《不失自我》。此时的陈际泰已经和张翰一样动了乡思，却还和张群嗣一样被名利场中人从早到夜包围着，心情不免更加烦躁，"每有西风，何能无叹"，正是理所当然。

复张天如

陈际泰

人居城中，友生鞠之不置。如男子张君嗣附之疲倦欲死奈何奈何。相隔既遥，不能如山间麋鹿常相聚。每有西风，何能无叹。

[学其短]

◎ 本文录自周亮工《尺牍新钞》卷三。
◎ 陈际泰，字大士，晚明临川（今属江西）人。
◎ 张天如，名溥，晚明太仓（今属江苏）人。

寂　寞

[念楼读]

　　春雨虽然好,妨碍你我好朋友之间的交往就不好了。

　　这几天来,总在想着你因为这雨被困在家中,该在做些什么事情呢?

　　如果明后天还不晴,总不能老不见面吧?你正在读哪些书,也该让我知道知道了。

[念楼曰]

　　欧阳修因"雨不止"而情意沉郁,莫廷韩说"春雨虽佳",断相知往还便可恨了。天象与人心未必相关,亦视人的主观感觉如何为转移耳。

　　欧莫二人"苦雨",都是因为雨阻断了知心朋友之间的往来;这在现代生活中已经不成问题,但现代也还有别样的"雨"吧。雨本身无所谓好不好,讨嫌不讨嫌,但如果它阻断了朋友间的往还,就会使人觉得不好,觉得讨嫌了。常说情随境迁,但"境"在心中引起的感受,也是因"情"而异的。

　　人总是需要友情,需要朋友的。俗话说,"在家靠父母,出外靠朋友",这是纯粹从实用价值上着眼。知识分子不会这么说,那么恐怕就是为了排解寂寞了。雨天带来了寂寞,寂寞中更加渴望朋友的友情,于是才有了这些信。

与徐文卿

莫是龙

春雨虽佳,恨断吾相知往还耳。不审斋头作何事也。旦夕不晴,须当一面。案上置何书,且愿闻之。

[学其短]

◎ 本文录自周亮工《尺牍新钞》卷二。
◎ 莫是龙,字廷韩,号秋水,明华亭(今属上海)人。
◎ 徐文卿,未详。

举火不举火

[念楼读]

　　谢谢你的关心,来问我家困难生活的情形是否有了变化。应该说,变化还是有的。

　　从前别人家生火做饭时,我家总是不生火做饭,不免使人觉得奇怪。如今别人家生火做饭时,我家偶尔也生火做饭,就更加使人觉得奇怪了。

　　这也算是有了变化吧。

[念楼曰]

　　此信写法奇特,绝无多语,只从"不举火为奇"到"举火为奇"说明变化。从前穷得有时缺米缺柴,只能"不举火";现在穷得只能偶得柴米,才居然"举火"。如果所说属实,杜君真是穷得不能再穷了,怎么还有纸笔来写信呢?

　　《颜氏家训·勉学篇》云朱詹家贫,累日不爨,即不举火:

　　　　乃时吞纸以实腹。寒无毡被,抱犬而卧。犬亦饥虚,起行盗食,呼之不至,哀声动邻。

累日不举火,便不能不"吞纸以实腹";杜家"以举火为奇",家贫更甚,又如何维持一家人生命,莫非文人会哭穷,言过其实了?焦广期《此木轩杂著》谈到家中最多而无用者是别人一定要送来的时文集子,然后举朱詹为例云:

　　　　不幸遭值荒岁,此几上累累者,庶可备数月之粮乎。

难道说杜君他也是"吞纸以实腹"的吗?

复王于一

杜濬

承问穷愁何如往日。大约弟往日之穷,以不举火为奇。近日之穷,以举火为奇。此其别也。

[学其短]

◎ 本文录自周亮工《尺牍新钞》卷二。
◎ 杜濬,字于皇,号茶村,明末清初黄冈(今属湖北)人。
◎ 王于一,名猷定,号轸石,明末清初江西南昌人。

告 罪

[念楼读]

谢谢您一连三次来访,却一次也没能回步,真正对不起。

暑天酷热,大太阳底下实在去不得。三次游湖,两回访友,我都中了暑。老病之躯,被迫整天躲在屋里,无法出门,只能请您恕罪了。

[念楼曰]

别人来访过三回,自己未能答访一次,确实说不大过去。此信落款"板桥弟郑燮",可见这位光缵四哥原是位朋友,朋友称哥,交情自然不浅,那么"谅之"总是没有问题的。

我也是一个不喜欢去"奉看"或"答访"的人。朋友来倒是很欢迎,但也得有话可谈,至少是"相看两不厌"的。不好办的是那些"不速之客",有的一次又一次来"枉顾",使你觉得不能不去答访,但是又实在不能去或不愿去,简直成了精神上的一大压力,生活中的一大痛苦。

古时通信不便,古人只能以书简互相通问,才为我们留下了这些美妙的文字。如今电话拿起便等于晤面,用手机发短信更为方便,真不知有的老同志何以还要如此不惮地走访,难道真是为了锻炼身体,想保持"老来腰脚健"吗?

专靠电话和电脑联系,不能留下纸面文字也不大好,还是有时写一写信吧。

与光缵四哥

郑燮

承三枉顾而不得一回候,罪何如也。溽暑炎燠蒸耳灼目,三游湖而三病,两拜客而两病,老朽残躯惟裹足杜门为便耳。高明谅之。

[学其短]

◎ 本文录自影印墨迹。落款云"板桥弟郑燮顿首光缵四哥足下"。
◎ 郑燮,字克柔,号板桥,清扬州兴化人。
◎ 光缵四哥,未详。

节序怀人

[念楼读]

　　元宵之夜,结伴看灯,你呼我赶,真是一段快乐的记忆。时间匆匆过去,如今已是秋天,有时仍不免想起那次同游的朋友。

　　家兄的信,迟迟没有奉答。希望你不要生气——这里拖沓着没复的信还有一大堆呢。

　　中秋节我准备回省城一趟。想想那里香甜的月饼和新鲜的藕吧,能不能又一次结伴同行啊?

[念楼曰]

　　周作人在《再谈尺牍》文中评论许葭村的尺牍道:

　　《秋水轩尺牍》与其说有名还不如说是闻名的书,因为如为他作注释的管秋初所说,"措辞富丽,意绪缠绵,洵为操觚家揣摩善本",不幸成了滥调信札的祖师,久为识者所鄙视,提起来不免都要摇头,其实这是有点儿冤枉的。秋水轩不能说写得好,却也不算怎么坏,据我看比明季山人如王百谷所写的似乎还要不讨厌一点,不过这本是幕友的尺牍,自然也有他们的习气,……不会讲出什么新道理来,值得现代读者倾听。但是从他们谈那些无聊的事情可以看出一点性情才气,我想也是有意思的事。

　　做幕友是"士不遇"的另一条出路,即为得"遇"的官们去帮忙或帮闲,而山人则只帮闲不帮忙。其实二者并无高下之分,选读他们的尺牍,也只是欣赏一点性情才气,无论如何,总比看效忠信或随大流表态的各种公开信好一些。

复钱绳兹

许思湄

元夜连袂看灯，极一时征逐之乐。流光如驶，忽届新秋，节序怀人，何能已已。承寄家兄一函，为理积牍，裁答久稽，或不罪其疏节耶。弟拟中秋返省，饼圆似月，藕大如船，三五良辰，何堪虚度。不知足下亦作思归之计否。

[学其短]

◎ 本文录自许思湄《秋水轩尺牍》。
◎ 许思湄，字葭村，清山阴（今绍兴）人。
◎ 钱绳兹，未详。

赠答的短信十一篇

毋 相 忘

[念楼读]

春君：你好！

将这枚玉佩送给你，它代表着我的一片真心，愿你能永远珍重它，视如你我的情意。

[念楼曰]

　　琅玕珍重奉春君，绝塞荒寒寄此身。
　　竹简未枯心未烂，千年谁与再招魂。

此系周作人《苦茶庵打油诗补遗》之二十，原注："《流沙坠简》中有致春君竹简。"

《流沙坠简》是一部出土简牍集，收20世纪初期从中国西部沙漠地区汉晋遗址中发掘出来的简牍。"致春君"十四字写在两支木简上，乃是两千年前的一件情书。我有《千年谁与再招魂》一文云：

　　两千年前的烽燧，早已夷为沙土……可是这件用十四个字热烈恳求春君"幸毋相忘"的情书，历经两千年的烈日严霜、飞沙走石，却仍然保持了美的形态和内涵，表现出那番血纷纷的白刃也割不断，如刀的风头也吹不冷的感情，使得百世之后的我们的心仍不能不为之悸动，从中领受到一份伟大的美和庄严。

　　有实物为证，这件汉简，真可以称为不朽的情书了。

长沙近年也出土了一批吴简，其中却找不出"致春君"这样有意思的。看来那时我们长沙人即已鄙视浪漫注重实际，心思和笔墨都用在问候长官和记明细账上面了。

致问春君

奉谨以琅玕一致问春君幸毋相忘．

奉

[学其短]

◎ 本文录自罗振玉、王国维编《流沙坠简》。本文的木简出土于新疆尼雅遗址。
◎ 奉，人名，其姓氏已不可考。

橘子三百枚

[念楼读]

送上橘子三百枚，因为天还没有打霜，暂时只有这么些，无法更多了。

[念楼曰]

橘子本来要蓄在树上，等到打霜以后，才能熟透，才最好吃。抗战以前，父亲在岳麓山下湖南大学旁边一处叫朗公庙二号的地方，买过一座橘园，带有几间瓦屋。每年将橘子"判"给别人时，都要留下一两树自家吃，因此我从小便知道了这一点关于橘子的常识。"判"就是在挂果后由买主踏看后估定价格，采摘运走时付钱。

橘子熟透的标准，一是真正红透，二是皮不附瓤，极易剥离。只有这样的橘子，才真正好吃，这是自家有橘园的人才能享受得到的口福。市上出售的橘子，都是皮色青青时下树，那红色都是"沤"出来的。王羲之当然不会吃这种橘子，也不会拿来送人，这三百枚，应该是从向阳的枝丫上选摘下来的早熟果吧。后来韦应物有诗云：

怜君卧病思新橘，试摘才酸亦未黄。

书后欲题三百颗，洞庭须待满林霜。

也就是说橘不见霜不能摘下送人，用的正是王羲之的典故。

奉橘帖

奉橘三百枚。霜未降。未可多得。

王羲之

[学其短]

◎ 本文录自《王右军集》卷二。
◎ 王羲之，见第 23 页注。

几 张 字

[念楼读]

您今天一定要走吗？不能出城相送，心中十分抱歉，谨祝一路平安。

您想要的字，勉力写成十来张送上。近来腕力孱弱，实在写得不成样子，请不要嫌弃。

匆匆作信，许多事情都来不及缕陈，只能言不尽意了。

[念楼曰]

颜真卿在朝为殿中侍御史（后升至尚书，封鲁郡公），外放为太守，也是地方主官。仓曹却只是州郡管粮谷事务的小官，却能和他交朋友（《全唐文》收有颜氏"与卢仓曹"的另一封信），还能要他写字相送，一送就是"十余纸"。由此可见当时士大夫相交感意气，不太重功名，有才艺者亦不以才艺自矜，今人实在应该觉得惭愧。

卢仓曹一次竟能得到十多张颜鲁公的法书，在今天看来真是天大的幸事，在当时却只是普通的人情。我想颜真卿写过《借米帖》，也许他生活困难常常缺粮，因此不能不对管粮库的人特别客气一点也说不定。

唐人真迹，如今若能存世，一张的价值，至少也要上亿元。但鲁公当时写送给卢君的十几张，在彼此心目中的价值，大概最多亦不过一两石米。时移事易，读古人文字，于笔墨之外，的确还能寻得许多趣味。

与卢仓曹

颜真卿

足下今日定成行否．不得一至郊郭深用怅然．珍重珍重所欲拙书今勒送十余纸．望领之．勿怪弱恶也不具不具．

[学其短]

◎ 本文录自《颜鲁公文集》卷四。
◎ 颜真卿，见第 27 页注。

达 头 鱼

[念楼读]

连日阴雨，不知贵体如何？

北边有人送来一些"达头鱼"，乃是一种海鱼，我原来不曾听说过的，尝尝味道还可以，便分送一点给你，充当大菜可能不够一餐，只是请尝尝新罢了。

天晴以后，书局再见。

[念楼曰]

梅圣俞《宛陵先生文集》卷二十二中有《北州人有致达头鱼于永叔者，素未闻其名，盖海鱼也，分以为遗，聊知异物耳，因感而成咏》一首云：

孰云北河鱼，乃与东溟异。适闻达头干，偶得书尾寄。

枯鳞冒轻雪，登俎为厚味。向来昧知名，渔官疑窃位。

有如臧文仲，不与柳下惠。从兹入杯盘，应莫惭鲍肆。

欧阳修集中也有诗《奉答圣俞达头鱼之作》，开头四句是：

吾闻海之大，物类无穷极。虫虾浅水间，蠃蚬如山积。

末八句是：

嗟彼达头微，偶传到京国。干枯少滋味，治洗费炮炙。

聊兹知异物，岂足荐佳客。一旦辱君诗，虚名从此得。

"达头鱼"这种海鱼，现在好像没听到谁提起了，大概是给它改了名字吧。从古至今，编注欧公诗文集者很多，却没有一个人考究一下"达头鱼"，注明它的形态、产地和异名。

与梅圣俞

欧阳修

某启。阴雨累旬,不审体气如何。北州人有致达头鱼者,素未尝闻其名,盖海鱼也。其味差可食,谨送少许,不足助盘飧,聊知异物耳。稍晴便当书局再相见。

[学其短]

◎ 本文录自《欧阳文忠全集》卷一百四十九。
◎ 欧阳修,见第 31 页注。
◎ 梅圣俞,见第 51 页注。

谢赠酒裘

[念楼读]

　　受您的恩赐已经够多的了。今日下雪，又送来酒和皮衣，正是时候。酒一次喝不完，又无器物可以贮存，只好将酒器一同留下，待喝完后送回。羔皮背心不是"布衣"能够常穿的，寒冬过后，亦当晒过奉还。

　　杭州对岸西兴码头上的脚夫常说："风在老爷家过热天，在我家过冷天。"皮衣之于我，看来情形亦是如此，哈哈！

[念楼曰]

　　张元忭状元及第，成了翰林院修撰，后来又升为侍读，故称"太史"。他好读书，多著述，能惜才爱才。《明史·文苑传》云：

　　　　（徐渭）击杀继妻，论死系狱，里人张元忭力救得免，乃游金陵，抵宣辽……入京师，主元忭。元忭导以礼法，渭不能从，久之，怒而去。后元忭卒，（渭）白衣往吊，抚棺痛哭，不告姓名去。

"主元忭"，即是做客住在元忭家，所以元忭才给他送酒与裘。

　　但徐渭仍然一怒而去了。穷虽穷，脾气还是挺大的。不过张元忭的好他不是不记得，于是"白衣往吊，抚棺痛哭"，生死见交情。

　　这封信写得十分俏皮，引用了"西兴脚子"的话。码头上从事搬运的"脚子"，夏天在骄阳下羡慕老爷们坐在水阁凉亭里吹风，冬天在北风中羡慕他们穿着皮袍烤火，于是用这句笑话自嘲，苦笑中隐藏着无奈。

　　徐文长一代奇才，却"不得志于时"，得靠张太史赠酒赠裘。以此自嘲，更可哀矣。

答张太史

徐渭

仆领赐至矣。晨雪酒与裘对证药也。酒无破肚脏。罄当归瓮羔半臂非褐夫所常服寒退拟晒以归。西兴脚子云风在戴老爷家过夏在我家过冬。一笑。

[学其短]

◎ 本文录自施蛰存《晚明二十家小品》卷一。
◎ 徐渭，见第53页注。
◎ 张太史，即张元忭，字子荩，号阳和，与徐渭为绍兴同乡。

两件棉衣

[念楼读]

送上粗布棉衣两件，聊供御寒。知道你的脾气，不敢用绸缎之类做面料。务请先收下，有话见面时再说。

[念楼曰]

朱舜水现在少有人提起了，其实他倒真是个不屈的遗民，明亡后据舟山抗清失败后，亡命越南、暹罗、日本等地，力图恢复，多次潜回内地进行活动，知事不成，才留居日本以终老。

舜水只是一"诸生"，但学问文章都不错，居日本二十余年，讲学、著作不辍，对日本汉学有相当大的影响，所以他又是中日文化交流史上一个相当重要的人。他在日本靠讲学维生（事实上是水户侯德川光圀在供养他），却还有力量帮助像三好安宅这样缺棉衣御寒的日本学者，可见他的流亡生活还是过得不错的。

舜水能留在日本是很不容易的。他曾说过：

> 日本禁留唐人已四十年……乃安东省庵苦苦恳留，转展央人，故留驻在此，是特为我一人开此厉禁也。

前有朱舜水，后有梁启超、孙中山诸人，再后又有茅盾、郭沫若一辈。中国政治流亡者在国外的历史，包括他们当时留下的文字，收集起来加以研究，似乎亦有价值，不过现在大概还不是时候。

与三好安宅

朱之瑜

奉上粗布棉衣二件。聊以御寒而已。足下狷洁不敢以细帛污清节也。诸面谈不一。

[学其短]

- 本文录自《朱舜水全集》。
- 朱之瑜,号舜水,明余姚(今属浙江)人,明亡后流亡日本。
- 三好安宅,朱之瑜在日本的友人,其余未详。

谢 赠 兰

[念楼读]

送来的兰花,开得多么漂亮啊,真要谢谢你啦!

[念楼曰]

这封信只有六个字,要算是最短的了。

开始学作文章,总是怕做不长。有笑话说,某人参加"小考",规定文章要上三百字,结果他写不出来,交了白卷。回到家里,妻子问他:"一天到晚只见你抱着书在读,书上头尽是字,难道你肚子里头连三百个字都没有?"

他哭丧着脸回答道:"肚里的字倒不止三百个,只是我无论如何没办法把它们串起来啊!"

辛辛苦苦学会了把字串起来以后,又总是"下笔不能自休",一写便写得很长很长。其实值得写,应该写,非得写的东西,哪里会有那么多。

明明一句话可以说明白的,偏要说上好几句,十几句,岂不是给自己和别人添麻烦?这封回信如果换一个人来写,真不知又要浪费多少笔墨。

契诃夫说过:"写作的技巧,就是删掉一切多余字句的技巧。"并且谈到他在一个中学生练习簿上看到的对大海的描写,只有两个字:

    海,大。

他以为,描写海是很难的,这两个字,形容得最好。

与王献叔

沈守正

[学其短]

蕙何多英也,谢.

◎ 本文录自周亮工《尺牍新钞》卷四。
◎ 沈守正,字允中,又字无回,明武林(今杭州)人。
◎ 王献叔,不详。

谢 赠 墨

[念楼读]

向你讨要墨的人极多,却单单给了我,讲老实话,这是我原来完全没有想到的。

有人对我说:"陈君看重你,就像你看重墨啊。"看来事实确是如此。

那么,就请让我将他的这句话,拿来作为对你的答谢吧。

[念楼曰]

文房之物,文人也有拿来互相馈赠的。纸和笔属于易耗品,不很宜相赠;普通的砚又太便宜,除非是古董;比较适合做礼品的,便只有墨了。

用来馈赠的,当然不会是普通的墨。要么就是古墨,要么就是自制的或者专门定制的墨,这些自然都得加上斋名题记。周作人《买墨小记》谈到的"曲园先生著书之墨""墨缘堂书画墨"等,便可以作为例子,还有一种上有题字云:

　　故乡亲友劳相忆,丸作隃麋当尺鳞。

　　仲仪所贻,苍珮室制。

更一看便知道是专门制来送人的了。

陈君"独以赠"宋祖谦的墨是什么样子,现在已不得而知了。当时求墨于他者"众矣",可见名声相当大,想必不止一锭两锭,那么也是专制的墨。文人像苏东坡那样亲自动手的不可能多,一般都是自定款式、题词,交给苍珮室之类专门制墨的地方去做。

与陈伯玑

宋祖谦

求墨于足下者众矣.而独以赠予此不可解也.或曰伯玑之嗜子犹子之嗜墨也.此语可为吾两人写照.敢持以献聊当报琼.

[学其短]

◎ 本文录自周亮工《尺牍新钞》卷一。
◎ 宋祖谦,字尔鸣,号去损,清初莆田(今属福建)人。
◎ 陈伯玑,名允衡,清初建昌(今江西永修)人。

笋 和 茶

[念楼读]

送上些笋干和茶叶,实在不成敬意。好在我们本是村夫野老的交情,分享这些山乡土产还是合适的。

[念楼曰]

茶树属山茶科,是灌木或小乔木;竹子属禾本科,则是草类了。茶树原产中国,竹子也主要产于中国,中国人实在是吃笋和茶的老祖宗,如今倒要向日本人学什么"茶道",说起来真丢人。

在吃笋上中国人却始终保持了特殊的地位,不仅历史悠久,可以举《诗经·大雅》"其蔌(蔬菜)维何,维笋与蒲"作证明,而且吃法多种多样。美食家李笠翁论植物类食物之美,曰清,曰洁,曰芳馥,曰松脆,曰鲜。竹笋在这五个方面都能得高分,故笠翁评之曰:

> 此蔬食中第一品也,肥羊嫩豕,何足比肩?但将笋肉齐烹,合盛一簋,人止食笋而遗肉,则肉为鱼而笋为熊掌可知矣。……《本草》中所载诸食物,益人者不尽可口,可口者未必益人,求能两擅其长者,莫过于此。

竹笋最好是吃"山中之旋掘者",但干制若能得法,也很不错。袁枚《随园食单·小菜单》开头所列笋脯、天目笋、玉兰片、素火腿、宣城笋尖、人参笋六种,便全是笋干。这和茶叶一道送给康小范的,我想也可能是笋干,不大可能是"山中旋掘者"。那是"惟山僧野老躬治园圃得以有之"的至味,即使名士高人,在城市中也难得领略到。

与康小范

胡介

笋茶奉敬。素交淡泊,所能与有道共者,草木之味耳。

[学其短]

- 本文录自周亮工《尺牍新钞》卷五。
- 胡介,字彦远,号旅堂,清钱塘(今杭州)人。
- 康小范,名范生,清安福(今属江西)人。

故乡的酒

[念楼读]

故乡的酒，送上一壶。今天是五月初五，隔墙同饮菖蒲酒，就算一同过了端阳节，也算是你和我结伴回了一趟老家吧。

趁着热，赶快喝啊！

[念楼曰]

节日是传统风俗习惯借以保存下来的一块"根据地"。四时八节，除了过"年"（春节），重要的便是端午和中秋了。

过端午的活动，现存记载最早的，当然是吃粽子和赛龙舟，挂艾叶、菖蒲也可以算一宗，从宋朝起就有人把端午节叫作菖蒲节，但饮菖蒲酒的习惯却似乎早已消失，过节时最多买一把菖蒲叶挂在门上，应应景。

此信中所说的"泛蒲"，便是饮菖蒲酒。"泛"的意思是饮完酒后把酒杯倒翻过来扣在桌上，表示干了杯。但请黄济叔"趁热急饮"的一壶里，究竟浸没浸菖蒲叶或菖蒲根，我仍不免存疑。菖蒲叶大家都见过，那么长而光滑的东西，怎么好浸入酒坛，也难浸出什么味来。而菖蒲根则非常之苦，亦非城市中人所易得。小时五月五日吃雄黄酒，其实也没人真用酒吞服雄黄（雄黄亦不溶于酒），不过在酒杯中调点雄黄粉，用指头蘸起给小孩额上画三横一竖。

与黄济叔

周亮

故乡酒奉一壶,同济叔隔墙泛蒲,亦是我两人一端午;亦当我两人一还家也,趁热急饮。

[学其短]

◎ 本文录自周亮工《尺牍新钞》卷十二。
◎ 周亮,即周亮工,原名亮,号栎园,字百安,清祥符(今河南开封)人。
◎ 黄济叔,名经,号山松,清如皋(今属江苏)人。

谢 送 花

[念楼读]

　　天气真使人没劲,你的信却带来了一股生气。那么多玫瑰花,使我的全身心和整个书房都充满了色香和快乐。

　　我爱这玫瑰,希望它能长在。于是买来一坛好酒,将花朵浸泡其中,不时喝上一小口,品味它的色和香;又将零散的花瓣装入枕囊,让它伴随我入梦。——于是我和它永不分离了。

[念楼曰]

　　周作人《瓜豆集·关于尺牍》引《芸香阁尺一书》中《复李松石》中论岳飞,《致顾仲懿》中论郭巨埋儿事,谓:

　　　　对于这两座忠孝的偶像敢有批评,总之是颇有胆力的,即此一点就很可取。……《答韵仙》文虽未免稍纤巧(因为是答校书的缘故吧?)却也还不俗恶,在《秋水轩》中亦少见此种文字。

不佞论文无乡曲之见,不敢说尺牍是我们绍兴的好也。

　　韵仙是一位"校书"即高级妓女。现在的妓女,还有没有跟客人做文字交流,互相送花的呢?但韵仙却能以"玫瑰万片"饷人。从回信看,芸香阁(即朱荫培)对待她,也像如今的人对待自己的女朋友,不大像"嫖小姐"。

　　社会史上的这种现象,需要做一种文化上的解释。如今的人去找妓女,只是为了解决性的需要,妓女也正名为"性工作者"了。而古时本阶级的男女没有社交的自由,恋爱对象只能到妓女中去找。辜鸿铭说得好:"中国人的狎妓,有如西洋人的恋爱;中国人的娶妇,则如西洋人的宿娼。"在朱荫培的时代,情形的确是这样。

答韵仙

朱荫培

困人天气,无可为怀,忽报鸿来,饷我玫瑰万片,供养斋头,梦魂都醉,因沽酒一坛,浸之,余则囊之耳枕,非曰处置得宜,所以见寝食不忘也。

[学其短]

◎ 本文转录自周作人《关于尺牍》。
◎ 朱荫培,字熙芝,号澹庵,清无锡人,有《芸香阁尺一书》。

倾诉的短信十一篇

不失自我

[念楼读]

此次北上去见丞相,一路忙于应酬,日夜得不到半点休息。

人们热烈奉迎丞相府长史官,我张君嗣顶着这个头衔,却累得要死,简直苦不堪言,烦着哪!

[念楼曰]

张裔原为巴郡太守,诸葛亮先是提拔他为益州治中从事,后来出师北伐,又任他为留(丞相)府长史。《三国志·蜀志》卷十一云:某年张裔"北诣亮谘事,送者数百,车乘盈路。裔还,书与所亲曰……",就是这封有名的信。

如果说诸葛亮是蜀国的总理,张裔(君嗣)便是国务院秘书长。秘书长去见总理,商量军国大事,谁不想趁此献献殷勤,探探口风呢?于是张不能不被热烈迎送的人弄得"疲倦欲死",只好向"所亲"诉苦。

秘书长是大官,当秘书长的张君嗣却同别人一样是个普通的"男子"。有些当大官的,却往往只记得自己是个大官,忘记了自己也是个普通的人,沉湎于应酬,忘记了疲倦,于是纵情享受,甚至腐化贪污,把人的尊严和责任都忘记得一干二净。"男子张君嗣"却心知肚明,欢迎欢送,恭维奉承,这些都是冲着"丞相府长史"来的,自己不过是躬逢其胜,赶上了这一趟。

富贵中人,很容易忘乎所以。"男子张君嗣"能够对争先恐后来敬丞相府长史的人觉得烦,可算是不失自我的了。

与所亲书

张 裔

近者涉道,昼夜接宾,不得宁息,人自敬丞相长史,男子张君嗣附之,疲倦欲死。

[学其短]

◎ 本文录自《全三国文》卷六十一。
◎ 张裔,字君嗣,三国时成都人。

刀 与 绳

[念楼读]

我在齐王府里做官,知道齐王有野心,时刻担心这会给我带来杀身之祸。见了刀子和绳子,甚至连死的心都有,觉得还不如早点寻死的好,死了就摆脱了,不过旁人未必知道我这种心情……

[念楼曰]

顾荣是吴丞相顾雍之孙,后与陆机兄弟同时归晋,时称"三俊",算是士大夫中的上层人物。他生逢乱世,很会保身。赵王伦得势时,他当大将军长史,多所保全。有次他——

> 与同僚宴饮,见执炙者貌状不凡,有欲炙之色。荣割炙啖之,坐者问其故。荣曰:"岂有终日执之者而不知其味者乎?"及伦败,荣被执将诛,而执炙者为督率,遂救之,得免。

后来顾荣又被齐王囧弄去当了大将军长史,他却不愿充当齐王的野心工具,知道这会带来奇祸。

这封信充分流露出顾荣"恒虑祸及"的忧虑之情,也可以说是他为齐王政争失败、自己脱身埋下的伏笔。

当然顾荣并未自杀,他找到了一个苟全性命的法子,就是每天"纵饮伪醉",尽量使自己"边缘化",不挨王爷"核心"的边。后来"八王之乱"中七个王被杀,齐王亦在其中,而顾荣又一次幸免于难。

古时读书人必做官,除非像陶渊明那样不怕贫穷吃苦,但这个官有时实在难做,甚至还得带上准备自杀的刀与绳。

与杨彦明书

顾 荣

吾为齐王主簿,恒虑祸及。见刀与绳,每欲自杀,但人不知耳。

[学其短]

◎ 本文录自《全晋文》卷九十五。
◎ 顾荣,字彦先,晋吴郡(今苏州)人。
◎ 杨彦明,东晋会稽(今浙江绍兴)人,余未详。
◎ 齐王,司马冏,晋室"八王之乱"的八王之一,后为长沙王司马乂所杀。

一 口 气

[念楼读]

被赶出官场后,我便干脆放任自己,在歌场舞榭里玩了差不多二十年。人就怕没有自知之明,现在已经明白了自己不堪使用,如果还要去献媚争宠,岂不是更加不堪了吗?

有个丑女人被男人一脚踢开后,从邻居那里借来几件首饰戴上,又去找到男人说:"原来我不会打扮,你不要我;如今我会打扮了,你总会要我了吧?"结果又被一脚踢开了。她的姐姐便骂她道:"被赶出一回就够没脸了,还要去找第二回的羞辱吗?"

这话虽然难听,但是也有道理,不是吗?

[念楼曰]

康对山被赶出官场,说来也够冤枉的。他本是弘治朝的状元公,学问文章和官声都不错的。刘瑾擅权时,有意拉拢他,多次请他上门去,他也没去。后来李梦阳被刘瑾一党关了起来,从牢狱中写了张纸条给他:"对山救我。"为了朋友,他只好去找刘瑾,第二天李梦阳便出了狱。就为了这件事,刘瑾倒台后,他也"坐瑾党落职"了。

康氏所说丑妇人的故事,意味很是深长。在专制制度下做事,受冤枉总是难免的;受了冤枉,亦无法报复,一口气只能咽在自己肚子里。但总还要有这口气在,王国维所谓"义无再辱"是也。

答寇子惇

康海

放逐后流连声伎，不复拘检垂二十年。人苦不自知，仆既自知之，而又自忘之，此则深惑尔矣。有丑妇被黜者，借邻女之饰更往谓夫曰：曩以不修子故弃妾，今修矣，子何辞焉，其夫拒趋而出，其姊尤之曰：一出已羞，更复何求，其言虽鄙，可以理喻，惟万万念之。

[学其短]

◎ 本文录自叶楚伧《历代名人短笺》。
◎ 康海，字德涵，号对山，明武功（今属陕西）人。
◎ 寇子惇，名天叙，明榆次（今属山西）人。

梦　想

[念楼读]

　　告诉你吧，在生活上，我并没有特别的嗜好，也没有过高的要求。只是每每见到流水边丛生着竹子和树木，竹树中露出一扇小小的窗户，便很想能住到这扇窗户后面去。

[念楼曰]

　　莫是龙是一位画家，"竹树临流，小窗掩映"的描写，富有画意，很美。

　　人的日常生活，常被概括为"衣食住行"四个字。在这四个字中，食总被排在第一位，其实"住"恐怕更重要些。每天十二个时辰，总有一半以上"住"在自己的屋子里；如果能住在"竹树临流，小窗掩映"的环境里，当然好。

　　但这样的环境，却不是想有就能有的，只有在梦想中才可以随时浮现出来。于是，生活也就容易一些，并且有趣味一些了。

　　梦想是一个好东西啊，它使人生变得温馨，变得美好。

　　我也有过自己的梦想。解放前，梦想过"山那边"的"好地方"；作为"社会闲散劳动力"拉板车的时候，梦想过满桌子的大鱼大肉；如今年已"望八"，便梦想着古希腊哲人说的"往者原"：

　　　　在那里没有雪，没有风暴，也没有烦恼人的别的事情，死后的人们可以在那里开怀畅饮……

如果那里也有"竹树临流，小窗掩映"，那就更妙了。

与友人

莫是龙

仆平生无深好,每见竹树临流,小窗掩映,便欲卜居其下。

[学其短]

◎ 本文录自周亮工《尺牍新钞》卷二。
◎ 莫是龙,见第 61 页注。

不 要 脸

[念楼读]

来信全是赞誉我的好话，真是过于抬举了。

其实我是根本不值得抬举的。一大把年纪了，还要拿着几篇文章，跟着一班年轻人，老着脸皮去请不一定了解你，更不一定尊重你的人来评论好坏；这就像老姑娘嫁给奶妈的丈夫做填房，还有什么光彩，有什么可以炫耀的啊。

[念楼曰]

这封短信，诉说的是文人的无奈和屈辱。

古代社会是官本位的，学文也是为了做官，做了官才能有一切。若不能做官，则一切都没有。要想"持数行文字"谋求生活待遇，则不仅难得买主，脸色也够瞧的。

就是在今天，以文字被人雇佣，供人使用，势必要由"不必知己"的人来审定，叫你改就要改，也是十分耻辱的事情。

唐朝时，称乳母的丈夫为"阿奢"（zhē），乃是一种贱称。窦怀贞做了皇帝乳母的丈夫，自称"国奢"，传为笑柄。卖文维生，等于去跟窦怀贞这样的皇室家奴当二奶，那就成奴下奴了，实在是没有什么可以炫耀的啊！

最近偶然见到一本"学术著作"，作者在后记中大讲本书得到了省委宣传部某部长的赏识，又承省新闻出版局某局长的关照，才得以出版。"此正如老女嫁国奢"，不是什么光彩的事，却不但不知羞耻，反而得意扬扬，真是不要脸。使陈痴山见之，更不知会如何想，如何写。

答朱子强

陈孝逸

誉言匦楮,何宠之深也。弟年纪寖大,尚持数行文字,从少妙辈问妍媸于不必知己之人,此正如老女嫁国奢,言不辱者,强颜尔。

[学其短]

◎ 本文录自周亮工《尺牍新钞》卷三。
◎ 陈孝逸,字少游,别号痴山,明临川(今属江西)人。
◎ 朱子强,未详。

相 知 就 好

[念楼读]

　　只隔一道河水，距离实在不远。只怪得我的住处偏僻，联系不便，很少和你通信，也就没有机会详谈，实在抱歉得很。

　　但是，依照我粗疏的性格，没谈不等于不愿谈，更不等于不可谈。

　　就是联系了、谈了，认识和态度，也不会跟没有联系、没有交谈时有多大的区别。这是因为，你我二人的交情虽浅，我对你的了解却早就不浅，不但不浅，实在还相当的深哪。

[念楼曰]

　　古时朋友为"五伦"之一，排在最末了，倒更加值得珍重。君臣、父子、兄弟关系，都是不可选择的，尤其是君父，生下来就坐在你头顶上，拥有无限的权利，剩给你的只有一大堆义务。做夫妇本该是自由选择的结果，这自由也被取消，结果往往都成了怨偶。只有朋友，总还得两相情愿才做得成，所以比较起来更为难得。

　　朋友难得，最难得者则在相知。唯有相知，才能有交流。这种交流本应该是排除了功利的，否则便不是交流，而是交易了。

　　卓人月与吴君来往甚稀，相知却不浅，是能知交友之道者。

　　常说君子之交淡如水，能相知就好。不香无味的水，其实正是生命所需的。多加糖油，反会腻味。

与吴来之

卓人月

盈盈一水相隔不遥，而以所居僻陋鸿便甚稀，久不获布一语于左右，然弟生平廓落迂疏，当其不言胸中未尝有不可言之言，及其既同而言亦无以加于未有言之初，此虽与吾兄交甚浅而亦有以知其深耳。

[学其短]

◎ 本文录自周亮工《尺牍新钞》卷四。
◎ 卓人月，字珂月，明浙江塘栖（今杭州）人。
◎ 吴来之，未详。

吃惯了苦

[念楼读]

考试把人都考老了,这次又未能侥幸,真是苦也。但我就像苦菜上的虫,吃惯了苦味,反而不觉其苦。回回落榜,只当作春残花谢,秋深叶落,乃是应有的一幕了。

[念楼曰]

这又是一个诉苦的。他说"堇虫习堇,翻不觉苦",既是昝儿里上吊——自宽自解,也是无可奈何中的一种自嘲。其实卓君虽然科场不利,但早已成为"有意出新,独辟生面"的诗人,"年年被放",还年年要去,也是在自讨苦吃。

曾国藩把考试说成是"国家之功令,士子之职业",情形确实如此。在科举时代,读书就是为了应考。连科皆捷的少年鼎甲只能是极少数,许多人的一生精力都消耗在考试当中了。《儒林外史》里的周进哭棚、范进中举,戏剧舞台上的《祭头巾》,写的便是这类悲喜剧。

这样,中国便成了公认的"考试大国"。

历史上的"考试大国"现在怎么样呢?各级升学考试姑且不说,只拿形形色色的"成人考试""自学考试""普法考试""计划生育知识考试"……来说,就数也数不清,苦菜叶子真是吃都吃不完啊。据说俞理初临终前有言:

> 此去无所苦,但怕重抱书包上学堂耳。

看似滑稽,其实却是比苦菜还要苦的一句话。

与洪载之

卓发之

弟以老生落第,最是人间苦谛,然蠧虫习董翻不觉苦,年年被放,只是春阑花堕,秋深叶陨耳。

[学其短]

◎ 本文录自周亮工《尺牍新钞》卷四。
◎ 卓发之,字左车,明仁和(今属杭州)人。
◎ 洪载之,名吉臣,明钱塘(今杭州)人。

难忘的月光

[念楼读]

夜里,月光倾泻在院中空地上。地面仿佛成了水面,走近时几乎不敢将脚踏上去。

上床以后,大好的月光,竟使我通晚不能入睡。似乎没过多久,晨鸡便开始啼叫,远处的晓钟也敲响了……

[念楼曰]

大好月色不是常有的东西,所以人们对它的感觉也不寻常,而且总是偏于清冷。阴晴圆缺的变化,又容易使人联想到悲欢离合上去。望着月光睡不着觉的经历,在乡下住过的读书人多少总有过几回。我在"文革"中被长久拘禁,曾写过一首五言古诗,也是被月光照得"通夕为之不寐"时写的,开头四句是:

明月照铁窗,铁栅映月色。不知我妻儿,可望今宵月?

最后四句则是:

地球转不停,月落一时黑。摸索起披衣,坐等东方白。

月光在我记忆中留下深刻印象的还有几回,从近往远说,一回是夜宿峨眉金顶,原为看日出,却看到了好月光,它投射在后山绝壁上的景象,竟使得穿棉大衣的我凛栗不已。一回是十六岁时,初次为情所苦,半夜起来爬到岳麓山顶上,满山都沉浸在凄凉的月光中,自己的心也凄凉透了。一回是才下乡就走兵,七八岁的我跟着大人高一脚低一脚,月光照着的水田比泥土地更白,糊里糊涂地"蹈"上去,鞋袜全弄湿了。

与宋比玉

黄虞龙

夜来月色映空庭如积水,令人至不敢蹈.弟通夕为之不寐,俄而鸡鸣钟动,怅然久之.

[学其短]

◎ 本文录自周亮工《尺牍新钞》卷七。
◎ 黄虞龙,字俞言,明末晋江(今属福建)人。
◎ 宋比玉,名珏,明末莆田(今属福建)人。

孤臣孽子

[念楼读]

　　翁兄离职之后，大局更加无望了。今日已大不如前日，看来明年还会不如今年。大厦将倾，麻雀燕子还能守得住自己的窝巢吗？

　　我本想弃职回家，见满朝文武，还在为私人和宗派的利益互相倾轧，无一人公忠为国，皇上真正成了孤家寡人，又不忍舍弃他决然离去。

　　明知自己虽然占有名义，其实不过是一名"伴食中书"，有我不多、无我亦不会少；但若是一旦变故发生，皇上要找个"伴食"的人也找不到了，那又怎么办呢！

[念楼曰]

　　写信向朋友诉说的，大都是个人的内心感受，还有个人生活中的事情。范景文写给黄道周的这封信，却是一位当朝高官，在国难当头时，表白他的一片孤臣孽子之心。

　　在明崇祯朝，范、黄二人都曾因直言极谏，被削籍为民。后来黄道周"戍逐"到外地去了，范景仁则于崇祯十五年（1642年）又被重新起用，此信便是在这时写的。信中说的"翁兄"不知是谁，也许是翁正春，但正春在天启时即因反魏忠贤"乞归"了，时间早了些。

　　明朝的统治，到崇祯后期，已经无法不亡了。文武百官在平日高谈忠节，到头来卖主求荣，或起义（附闯）或投诚（降清）。只有范景文在闯王进京后投井自杀，实践了为崇祯"伴食"的诺言。

寄黄石斋

范景文

翁兄去后,时事不可言矣。今日既非前日,恐明年又非复今年。此堂非燕雀可处,急欲图归奈满堂皆互向人,主上孤立无依,不忍恝然去国。明知伴食无补,然恐一旦有事求一伴食者亦不可得耳。言之潸然。

[学其短]

◎ 本文录自叶楚伧《历代名人短笺》。
◎ 范景文,字梦章,明末吴桥(今属河北)人。
◎ 黄石斋,名道周,字幼玄,明末漳浦(今属福建)人。

他 得 先 来

[念楼读]

大人物那里,我是不会先去的。我现在这种情况,正在困难之中,如果是朋友,他就得先来看我啊。

[念楼曰]

文人不得志,则处于弱势。扶强不扶弱,本是人类的通病。但居于弱势者,再弱也不能弱了自己的志气,在强势者面前,更不能因己弱而自卑,因彼强而"伏软"。人势有强弱,人格却不能分贵贱。弱者能坚持自己的尊严,人格也就高贵了。

这封信能打动人的,就是作者的人格。

人格者,做人必有之"格"也。从信中看得出,作者正在困难之中。越是这样,就越要保持自己的人格,如上面所说的。

英国作家毛姆《在中国屏风上》中写到,他访问中国时,写信约辜鸿铭见面交谈。辜鸿铭却不肯去,说毛姆希望和他见面,就应当前来看他。

这封信的作者亦是如此。这并不是骄傲,而是为了保持自己的人格,故不能招之即去。

黄经即前文《故乡的酒》中的黄济叔,经是他的名,济叔是他的字。因树屋主人则是周亮工的别号。书信中自称用名,称对方和别人则只能用字或别号,这是过去的规矩。

答因树屋主人

黄 经

乃公处经不可以先往。经在难，故人固当先经耳。

[学其短]

◎ 本文录自周亮工《尺牍新钞》卷二。
◎ 黄经，见第 89 页注。
◎ 因树屋主人，即周亮工，见第 39 页注。

妻死伤心

[念楼读]

我回乡时，妻子病已濒危，没有几日，便故去了。

几十年同艰共苦的人，就这样突然从眼前消失；《葛生》诗中那些悲哀的句子，真像是为哭泣伤心的我而写的。

现在才知道，和顺夫妻一死一生，乃是人生最大的不幸，千古皆然，偏偏让我碰上了，这痛苦怎么承受得起。

[念楼曰]

和顺的夫妻，尤其是"数十年同甘共苦者"，先死去了一个，那另一个"目中忽无此人"，当然会十分痛苦。这种痛苦，本人当时是无法以语言文字表达的，因为语言文字无此力量，人亦无此力量。——但终究不会没有一点流露，于是便有了潘岳的《悼亡诗》，元稹的《遣悲怀》，有了苏轼的"十年生死两茫茫"，有了归有光《项脊轩记》最末那使人读后久不能忘的一段。吴锡麒这封短信，还有他提到的"蒙楚一诗"即《诗经·唐风·葛生》，也都是此种倾诉：

葛生蒙楚，蔹蔓于野。予美亡此，谁与独处。

可以读作：

葛藤遮住了灌木丛啊，瓜蒌爬到了荒丘野外。

只剩下孤单的我一人，屋里的人啊已经不在。

这和下面四章一样都是悼亡诗，女悼男、男悼女都一样。郑笺云"刺晋献公也"，释作"夫从征役，妻居家而怨思"，未免太牵强了一点。

寄邹论园

吴锡麒

仆归里后,内子已自病危,乃不数日间,遽然化去,以数十年同艰共苦者而目中忽无此人,觉蒙楚一诗,字字皆为我辈画出泪痕,方知此种伤心固自同于千古,特仆不幸适然觏之,惨惨何已。

[学其短]

◎ 本文录自叶楚伧《历代名人短笺》。
◎ 吴锡麒,见第41页注。
◎ 邹论园,未详。

文友的短信十一篇

小巫见大巫

[念楼读]

我到河北来后,与外间隔绝。这里文化落后,写文章的人少,山中无老虎,猴子自然容易出名。所以对我的吹嘘,请不必信以为真。

现在这里又来了一位王朗先生,在东吴则有您和张昭先生,都是文章高手。我同列位一比,就好像小道士在水陆道场上遇到了老道长,还敢出什么风头呢?

[念楼曰]

陈琳为"建安七子"之一,本有文名,倒不一定是在河北地方吹起来的。说做文章,他比王朗、二张,实在不能说是小巫见大巫,这里不过是在讲客气话。

小巫见大巫的比喻很新奇,很增加了这封信的神气。陈琳说他的文章"神气尽矣",其实大大不然。他在河北为袁绍草檄文骂曹操,骂得曹操大汗直流,头痛的老毛病都"好"了,可以为证。

陈琳靠着一支会写文章的笔杆子,先帮何进,后帮袁绍,袁绍败了,又帮曹操做记室(秘书)。曹操不愧为英雄,还笑问陈:"你骂人为什么骂得那样狠?"陈答道:"我的文章就像一支箭,谁的弓弦拉起来搭上了它,它就'不得不发'啊!"

这句话说尽了为主子服务的文人的本领,也说尽了他们的无奈。箭虽铦利,控弦者才是主人。

答张纮书

陈琳

自仆在河北，与天下隔。此间率少于文章，易为雄伯。故使仆受此过差之谭，非其实也。今景兴在此，足下与子布在彼，所谓小巫见大巫，神气尽矣。

[学其短]

◎ 本文录自《全后汉文》卷九十二。
◎ 陈琳，字孔璋，东汉广陵（今扬州）人。
◎ 张纮，字子纲，东汉广陵（今属江苏）人。
◎ 景兴，姓王名朗，三国东海（今山东郯城）人。
◎ 子布，姓张名昭，三国彭城（今徐州）人。

哀乐由人

[念楼读]

我作诗的理想很高,也很用心。并不追求形式的华丽,不跟随流俗的喜好;既不盲目师古,也不标榜新潮。虽然没有伟大诗人的才华能力,却也和他们一样不甘心平庸。写出来的诗,如果自己不满意,便毫不顾惜地将其扯碎烧掉。

这次录出一百五十首送上,希望您能够喜欢。虽然这可能只是一种单方面的痴心妄想,有如水中捉影,冰上琢花,却确实是我真诚的期待。

[念楼曰]

少时读新诗,诗集有题词献给自己爱人的,杜牧却是献给朝中的大官(当然是懂得诗且可称文友的大官)。他还有篇《授司勋员外郎谢宰相书》,话说得更加谦卑,更加可怜:

> 相公拔自污泥,升于霄汉。……当受震骇,神魂飞扬,抚己自惊,喜过成泣。药肉白骨,香返游魂;言于重恩,无以过此。

其实司勋员外郎只是吏部所属司员,杜牧原为睦州刺史,品级不比员外郎低,不过从外任调回了朝中,便值得如此感恩,难道此《献诗启》也是献给这位宰相的吗?

唐人向大官呈献自己的作品,差不多是进身和升迁的必由之阶。有的巴结得太过分,像韩愈的《上丞相书》和《与于襄阳书》,简直肉麻得读不下去。文人无法独立,只能哀乐由人,有才如杜司勋亦不能免,真是可怜。

献诗启

杜牧

某启。某苦心为诗，惟求高绝，不务奇丽，不涉习俗，不今不古，处于中间。既无其才，徒有其意，篇成在纸，多自焚之。今谨录一百五十篇，编为一轴，封留献上。握风捕影，铸木镂冰，敢求恩知，但希镌琢。冒黩尊重，下情无任惶惧。谨启。

[学其短]

◎ 本文录自《全唐文》卷七百五十二。
◎ 杜牧，字牧之，唐京兆万年（今西安）人。

难得洒脱

[念楼读]

去年冬天,我一家人赶着骡子,带上行李,住到此地东门外来了。朋友们见面时高兴,多喝了点酒,病了好些天,趁此休息了些时候。一休息下来,人便懒散了,许多来信堆在桌上都没有回复。

老兄也和我一样,懒得连信都不想写了,这样似乎也不太好。虽说朋友相交不必太热络,彼此知道些近况大概也还是必要的。

今将近作一束寄请吾兄及滕兄过目。如果让别的大人先生们见到,那就贻笑大方了。

[念楼曰]

这也是一封寄自己的作品去给别人看的信,以辞藻论似不如小杜,态度却比较自然,比较不做作。其所以能如此,原因只在于小杜是将诗文作为贽敬,去呈献给高高在上的人,希望得到他们的"镌琢";范君则是在平等地和朋友交流,"非求存慰",并没有什么功利的目的,正所谓"人到无求品自高"。

文人要保持独立的人格,最要紧的便是不要俯首求人,这在威权社会中似乎很难做到,不管这威权是君王,是宗法,还是别的什么东西。范仲淹也只有在干脆赋闲不求进取时,才会有这一份洒脱。

与石曼卿

范仲淹

某再拜。去冬以携家之计，驻赢东郊。朋来相欢，积饮伤肺。赖此闲处可以伛偻书问盈几，修答盖稀。足下亦复懒发，无惠问非求存慰，欲知起居之好尔。近诗一轴，寄于足下与滕正言达于诸公，必笑我也。

[学其短]

◎ 本文录自叶楚伧《历代名人短笺》。
◎ 范仲淹，字希文，北宋吴县（今苏州）人。
◎ 石曼卿，名延年，北宋宋城（今属商丘）人。
◎ 滕正言，即滕子京，名宗谅，北宋河南府（今洛阳）人。

以 诗 会 友

[念楼读]

阴雨连绵很久,总算开天放晴了,不知吾兄日来做何消遣?

雨天中想以《归田乐》为题作几首诗,作成两首以后,兴致忽然又没有了。不知圣俞老兄你也能来做两首不?我俩合作写一组诗,也是很有意思的事情。

明天饭后,盼能过来一见。

[念楼曰]

文人的好朋友,往往也是文人。因为同是文人,互相了解便比较容易,也容易找到共同的语言,这本是产生友谊、保持友谊的重要条件。欧阳修和梅圣俞,跟唐朝的白居易和元稹一样,乃是最要好的诗友,互相唱和的诗都很多,而且也都写得比较好。如此次所作的《归田乐》,欧之《夏》:

　　南风原头吹百草,草木丛深茅舍小。麦穗初齐稚子娇,桑叶正肥蚕食饱。……………… 田家此乐知者谁,我独知之归不早。乞身当及强健时,顾我蹉跎已衰老。

梅之《秋》:

　　秋风忽来鸣蟋蟀,豆叶半黄陂水枯。织妇夜作露欲冷,社酒已熟人相呼。……………… 田家此乐乐有余,食肉缉皮裘岂无。我虽爱之乏寸土,待买短艇归江湖。

一唱一和,真是以诗会友。

与梅圣俞

欧阳修

某启。经节阴雨犹幸且晴。不审尊候何似。闲作归田乐四首只作得二篇后遂无意思欲告圣俞续成之亦一时盛事。来日食后早访及为望。

[学其短]

◎ 本文录自《欧阳文忠全集》卷一百四十九。
◎ 欧阳修,见第 31 页注。
◎ 梅圣俞,见第 51 页注。

不 欲 作

[念楼读]

这篇送行文我实在不想做,是被逼着写出来的。自己一看,觉得有些犯讳,恐怕真的不合时宜。

你的文章却写得既得体,又漂亮。相形之下,更显得我的修养不足了。

敬请帮我认真把一把关,如果觉得拿出去不妥,我是可以重新再给他写过几句的。

[念楼曰]

谁没有写过自己"不欲作"的文章呢?早年参加各种各样学习,要写各种各样的心得,还要求尽可能地写得"深刻";后来被戴上各种名目的帽子,又有写不完的检讨,同样要求"深刻"。不过如今已赋遂初,恕不从命,这种"不欲作"的文章总算可以不作了。

但是还有另一类文字常常来要你"作"。请写书评呀,请赐大序呀,"拙作"请予指正呀……大都是自己作不好,不会作,因而"不欲作"的,但为了情面,为了应酬,为了敷衍,有时仍不能不勉强"作"之。结果当然只能写出一些旁人不愿看,自己不满意的东西来。真不如保留自家的"褊浅",请他另找高明,把这类活计交给惯作"春容大雅之辞"的专家去做,实为德便。

与周淀山

归有光

送行文为诸友所强,极不欲作,而出语辄犯时讳。见昨所示春容大雅之辞,知其褊浅矣。乞高明裁示,如不可出,当别作数语酬之耳。

[学其短]

◎ 本文录自王士禛《池北偶谈》卷十三。
◎ 归有光,号震川,明昆山(今属江苏)人。
◎ 周淀山,字子和,归有光表兄。

请 删 削

[念楼读]

我的集子虽说编成了，却总是不放心，生怕滥收了不值得保存的文字，被人瞧不起。倒不如请爱护我的人审读一次，帮我删掉那些不该收入的。

现送上试印本一部，请将你认为应该删去的文字指出来。你是十分了解我的人，一定会帮助我的。

[念楼曰]

对自己的文章有点自信的人，不会怕别人提意见。曹植给杨修的信中说：

> 世人之著述，不能无病。仆常好人讥弹其文，有不善者，应时改定。

此种欢迎别人来"咬文嚼字"的精神，应该说是十分了不起的，尤其是才高八斗的曹子建。如今浪得虚名的作家，未必有子建之才，却容不得半点讥弹，气量未免太窄。

对于肯来"咬嚼"的人，的确应该感谢，因为他帮助你改掉了"不善"。咬嚼要用劲，还得防备硌了牙或者会反胃，不是人人都做得来或愿意做的。

皇甫子循的文集已经试印了，还能"惧有议之者"，先送一部给"深相知""能益我"的表侄看看，请将他认为可以"删弃"的篇目指出来，这实在是很谦虚也很高明的态度。

与清甫表侄

皇甫汸

鄙集虽完,甚不自满,惧有议之者孰若爱我而删弃之乎,谨以一部奉览,足下深相知必能益我也。

[学其短]

◎ 本文录自王士禛《池北偶谈》卷十三《前辈墨迹》所引。
◎ 皇甫汸,字子循,明长洲(今苏州)人。
◎ 清甫,未详。

以泪濡墨

[念楼读]

我的《寒鸦赋》，真想请你给作一篇序文。

你是亲眼见到我写它的。除了你，还有谁能相信我硬是流着眼泪把它写出来的呢？

[念楼曰]

作品希望能够得到一篇好序，大概是作者普遍都会有的一种心情。用一封二十三个字的短信求序，知道他一定会写，一定写得好，这人当然只能是自己的好朋友。如果不是好朋友，又怎么会守在旁边，目击自己"以泪濡墨"呢？

以泪濡墨，便是流着泪写文章。记得有人说过，一个能够流泪的人，总是好人；一首能够使人流泪的诗，总是好诗。《老残游记》的作者刘鹗，更把一切好的作品都视为人的哭泣，说：

《离骚》为屈大夫之哭泣，《庄子》为蒙叟之哭泣，《史记》为太史公之哭泣，《草堂诗集》为杜工部之哭泣；李后主以词哭，八大山人以画哭，王实甫寄哭泣于《西厢》，曹雪芹寄哭泣于《红楼梦》。

《寒鸦赋》既然是"以泪濡墨"写出来的，那便是宋祖谦的哭泣；吴冠五能陪着他哭泣，还能为他作序，肯定也是个"能够流泪的人"了。还是刘鹗说得好：

棋局已残，吾人将老，欲不哭泣也，得乎？

与吴冠五

宋祖谦

仆所作寒鸦赋,幸足下一序,非足下目击,不知仆以泪濡墨。

[学其短]

◎ 本文录自周亮工《尺牍新钞》卷一。

◎ 宋祖谦,见第85页注。

◎ 吴冠五,字宗信,明末清初江南休宁(今安徽黄山市)人。

选 诗

[念楼读]

老人贪吃,叨扰过甚,多多得罪,深以为歉。

承不弃选拙诗为一集,甚盼吾兄要助手先誊录一份寄下,以便再做些调整。病躯日益不支,只要一口气上不来,我就会和吾兄永别,那时阴阳异路,我也就没有可能再参与了。

[念楼曰]

顾梦游的诗从明朝写到清朝,写了一世,直到晚年,才让龚贤给他选编了这么一本《茂绿轩集》。他去龚家吃饭,显然不是为了"口腹",定是为了自己的集子,信中仍殷殷嘱托,请龚贤"先录一帙见示",亦无非想早点见到选目,考虑要不要调整。

前人对"结集"的态度,多半都是十分谨慎的,《李长吉歌诗叙》注云:

> 乐府惟李贺最工,张籍王建辈皆出其下,然全集不过一小册。

杜牧叙曰:"贺生平所著歌诗,凡二百三十三首。"今二百三十三首具在,则长吉诗无逸者矣。其逸者,非逸也,皆贺所不欲存者也。反观今人,则"在位"时便忙着出"全集",平日无聊应酬之作一体全收,文字上则任其芜杂,错字也懒得改。这不要说比不上李长吉,就是比起顾梦游来,也地隔天远。

与龚野遗

顾梦游

老病增馋，以口腹累高士，罪岂可忏耶。承选拙诗，幸侍者先录一帙见示，有未安处及生前改窜也。一气不属，与仁兄异路矣，奈何奈何。

[学其短]

- 本文录自周亮工《尺牍新钞》卷二。
- 顾梦游，字与治，清初江宁（今南京）人。
- 龚野遗，名贤，字半千，清初昆山（今属江苏）人。

谈 作 诗

[念楼读]

我以为,诗的面目要自然,诗的内涵要深刻。

作诗的人,如果过于注重诗的形式,一味追求新奇,刻意雕琢,只想"创新",就反而会削弱诗的思想,破坏诗的意境。这样"做"出来的诗,必然生涩隐晦,难于读懂。

但是,如果走向另一个极端,说是返璞归真,实是专事模仿,陈词旧调,敷衍成章,跟市场上批发零售的商贩一样,拿不出真正有吸引力的新货色,其诗则必然浅薄庸滥,千人一面,这就比生涩隐晦的更不如了。

[念楼曰]

诗不能写得太晦涩,也不能写得太浅露。施愚山自己写的诗,可以说是讲到做到的,如《天涯路》:

天涯望不远,尽是行人路。日日换行人,天涯路如故。

渺渺白云远,萋萋芳草暮。来者知为谁,但见行人去。

四十字中三见"行人",却一点也不觉得重复。又如《书丁道人壁》:

山豆花开野菊秋,隔林茅屋是丹丘。

客来问道惟摇手,随意清泉绕屋流。

在钱谦益、吴伟业之后,施氏可以算是可与王士禛、朱彝尊齐名的诗人了。蒋虎臣也是个很有个性的人,他于顺治三年(1646年)二十三岁探花及第,入了翰林,四十几岁便"告老"辞官,却不回江南,西上峨眉山学佛,就死在那里。

与蒋虎臣

施闰章

夫诗以自然为至。以深造为功。才智之士镂心刓肾钻奇凿诡矜诩高远铲削元气。其病在艰涩若借口浑沦脱手成篇因陈袭故如官庖市贩咄嗟辐辏而不能惊魂骇目深入人肺肠浸就浅陋。其病反在艰涩下。

[学其短]

◎ 本文录自周亮工《尺牍新钞》卷十。
◎ 施闰章，字尚白，号愚山，清宣城（今属安徽）人。
◎ 蒋虎臣，名超，清金坛（今属江苏）人。

刻《文选》

[念楼读]

天天都没有一点空闲，不能与先生抵掌快谈，深以为憾。

得知文选楼刻印《文选》，此乃大大的好事。前有昭明太子，后有辟疆园主，我能追随你们之后，更多接触秦汉魏晋的好文辞，真好，真好！

[念楼曰]

昭明太子将"远自周室，迄于圣代"的文章，"都为三十卷，名曰《文选》"，时在南朝梁时，去王士禛已千二百年，"文选楼刻《文选》"，则是他眼前的事。那么，此信谈的显然不是《文选》，而是刻《文选》，有关出版事业了。

爱书的人，听到刻书印书的消息，都会十分欢喜的。倒不一定得是未曾见过的，或能归我所有。只要是好的书，印得又好，就足以使得他"良快良快"。

书要印得好，便须得有合适的人。《三科乡会墨程》也要有马二先生来选才行，如果都是萧金铉、季恬逸一流人选的，那就不堪领教。——如今替出版商选书的却大都如此，是可叹也。

在嘉兴请马二先生选书的文海楼，在杭州请匡超人选书的文瀚楼，都是书商。此文选楼则是文人刻书的地方，有如毛氏汲古阁、刘氏嘉业堂，二者不可同日而语。后来阮元在扬州又有一座文选楼，那却是王士禛死后多年的事。

与顾修远

王士禛

日日无暇不得一把臂奈何．文选楼刻文选妙绝佳话．前有萧维摩后有顾辟疆．弟得左顾右盼其间良快良快．

[学其短]

◎ 本文录自周亮工《尺牍新钞》卷一。
◎ 王士禛，号阮亭，又号渔洋山人，清新城（今恒台）人。
◎ 顾修远，名沅，建有辟疆小筑，清长洲（今苏州）人。
◎ 萧维摩，即梁昭明太子萧统，《文选》的编者。

读书之味

[念楼读]

　　近年来精神越来越涣散,书当然还在读,可是读过便忘,记是记不住了。

　　读却仍然不能不读。眼睛看着书,就像嘴里含着美味佳肴,倒不急于吞下肚里去,深怕一吞下去便没了。

　　现在读书,我真的只是为了品尝一点佳美的味道,至于对自己有没有补益,能不能够充实自己,这些已经不予考虑,也不能考虑了。

[念楼曰]

　　从来提倡学以致用,有副对联说得十分明白：

　　　　有功家国书常读；无益身心事莫为。

不能有功,便是无益,那就不必怎么读它。宋真宗《劝学篇》：

　　　　富家不用买良田,书中自有千钟粟。
　　　　安居不用架高堂,书中自有黄金屋。
　　　　娶妻莫恨无良媒,书中有女颜如玉。
　　　　出门不患无随从,书中车马多如簇。

"学以致用"想要"致"的项目虽然有可能变更,要求"有功家国"这一点却怎么也不会变的。

　　朱幼清所取的却是另一种态度,即是学不必致用,读不必有功,只求其有味便够了。他说"犹含美馔于两颊",是能知味者,也是我十分忻慕的,虽然对他和那位陆三的情况一直未能详知。

与陆三

朱幼清

年来神散,读过便忘,然必欲贮之腹中,犹含美馔于两颊而不忍下咽,我之于书,味之而已.

[学其短]

◎ 本文录自叶楚伧《历代名人短笺》。
◎ 朱幼清,未详。
◎ 陆三,未详。

说事的短信十一篇

说 写 字

[念楼读]

我家先世本是看重文化的南朝人,祖辈多人长于书法,各种字体在当时都颇有名声。到了我这一代,便大不如前了。虽说有幸得到张旭前辈的指点,懂得一些皮毛;但因自己天分太低,终究写不出满意的字来。

[念楼曰]

中国人习惯了谦虚。家宴请客,明明一桌子美味佳肴,也要说"没有什么吃得的,真对不起"。颜真卿在此帖(写给谁已不可考)中说自己的书法"不能佳",也是谦虚,而态度真诚,绝非虚伪。他说他的祖上多善书法,确系事实。其《世系谱序》称颜氏先人有"巴陵、记室之书翰,特进、黄门之文章","巴陵"指刘宋时官巴陵太守的颜腾之,"记室"指南齐时官湘东王记室的颜协,都是著名的书家。真卿的曾祖、伯曾祖颜勤礼和颜师古,也都以学问书法著名于唐初。及至真卿,并不是"斯道大丧",而是"斯道大昌"了。苏轼称其书:

> 雄秀独出,一变士法,如杜子美诗,格力天成,奄有汉魏晋宋以来风流,后之作者殆难复措手。

朱长文《续书断》列之为"神品",谓其书法:

> 点如坠石,画如夏云,钩如屈金,戈如发弩,低昂有态,自羲、献以来,未有如公者也。

又岂是"不能佳"的?却不仅不自满,还"自恨"不能佳,故能百尺竿头更进一步。

草篆帖

颜真卿

真卿自南朝来,上祖多以草隶篆籀为当代所称。及至小子,斯道大丧。但曾见张旭长史,颇示少糟粕,自恨无分,遂不能佳耳。

[学其短]

◎ 本文录自《颜鲁公文集》卷四。
◎ 颜真卿,见第27页注。
◎ 张旭,字伯高,唐吴县(今苏州)人。

说 挨 整

[念楼读]

常说三十年为一世。柳宗元被降职下放,已经十二年,差不多就是半世了。惊雷闪电,是老天爷在发脾气,也不会发上一整天。下面的人讲几句话,惹得圣上生了气,难道要记恨一辈子,让他一世不得翻身吗?

[念楼曰]

柳宗元和刘禹锡等"八司马"参与"永贞变法",议论风发;不巧的是唐顺宗即位即病,只八个月便退了位,八人遂全遭贬逐。柳氏被贬到永州,一待就是十年;后移至柳州,又待了五年,就死在那里了,得年才四十有七。

柳宗元是文人"参政议政"触霉头吃了大亏的一个例子。其实在古今中外的历史上,因语言文字获罪的读书人太多了,有的还没到"参政议政"的程度,只是对社会文化生活发表了一点不同的看法,就被贬逐甚至被流放,被监禁,被当作异类而受到更严厉的打击,就是送掉了性命也不知凡几啊!

柳宗元被贬,还有吴武陵替他鸣不平,公开写信对"圣人"表示不满。其实柳以礼部员外郎贬永州司马,仍旧是地方官,还可以自由创作《永州八记》,发一发"少人而多石"之类的牢骚。

在历史上,政治自由和言论自由从来是很少的。争取自由需要付出的代价就是挨整,动辄半世、毕世,说起来真可怕,亦使人伤心。

与孟简书　　吴武陵

古称一世三十年,子厚之谪十二年,殆半世矣。霆砰电射,天怒也,不能终朝,安有圣人在上,毕世而怒人臣耶.

[学其短]

◎ 本文录自叶楚伧《历代名人短笺》。
◎ 吴武陵,唐信州(今江西上饶)人。
◎ 孟简,字几道,唐平昌(今山西介休)人。
◎ 子厚,即柳宗元,唐河东(今山西运城)人。

说 苏 洵

[念楼读]

天气暑热,又兼雨湿,谨祝贵体安好。

四川来了位能写文章的读书人苏洵,希望您能够接见他一次。他说这是出于对您的人格和名望的崇敬,并非个人有何希求。

他从远地方来,误以为我是您能够相信的人,先来找我介绍。一见之后,我觉得不能够拒绝他,也不能够不报告您,于是决定写这封信。行不行,见不见?一切听从裁夺。

[念楼曰]

欧阳修比苏洵只大两岁,比富弼只小三岁,三人当时的地位却相当悬殊,所以苏洵才需要找欧阳修介绍去见富弼。说是说只"思一见而无所求",其实"奔走德望"的目的,归根结底也还是希望有德望的人能够给自己以帮助,这本是士子们在考试之外的又一条出路。

"苏老泉,二十七,始发愤,读书籍"。但他发愤读书以后,仍然屡试不第,年近五十,才和两个儿子苏轼、苏辙一同至京师谋发展。如果没有欧阳修的鼎力介绍,"三苏"凭自己的本事当然也会出头,但那就不一定会这么快,这么顺利。

介绍信总还是会要写的,无论到什么时候,只要能够像欧阳修这样写得恰如其分便好。

与富郑公书

欧阳修

某启。暑雨不审台候何似。有蜀人苏洵者,文学之士也。自云奔走德望思一见而无所求。然洵远人,以谓某能取信于公者,求为先容。既不可却,亦不忍欺,辄以冒闻。可否进退,则在公命也。

[学其短]

◎ 本文录自《欧阳文忠全集》卷一百四十四。
◎ 欧阳修,见第31页注。
◎ 富郑公,即富弼,字彦国,封郑国公,北宋洛阳人。
◎ 苏洵,字明允,号老泉,北宋眉山(今属四川)人。

说 果 木

[念楼读]

我在白鹤峰下的新房，最近已经建成了，想向你讨几样果木来栽上。

树太大难栽活，太小了老年人又等不及它结果子，所以请给我树龄大小适中的。

树蔸子带的土坨还得留大点，千万别伤了根。

啰里啰唆，请多多原谅。

[念楼曰]

此信在《苏轼全集》卷五十五中，前面多出了二十几个字：

龙眼晚实愈佳，特蒙分惠，感怍不已。钱数封呈，烦聒，增悚。

《东坡七集》里这却是另外一封信的最后几句。《全集》在后面还多出了两行：

柑、橘、柚、荔枝、杨梅、枇杷、松、柏、含笑、栀子，

漫写此数品，不必皆有，仍告，书记其东西。十二月七日。

从中可以看出苏东坡的生活趣味和生活态度。

啰里啰唆不嫌烦聒地反复交代，树苗大小要适中，树蔸子带的土不能太少，说明他对栽树颇为内行，不是只知住花园别墅，双手不接触泥土的。

搞园艺本是亲近自然的好方式，还以满足自己的审美趣味，现代人也颇有向往于此的，只是难得有白鹤峰那样的地方来建屋栽树。

与程天侔

苏 轼

白鹤峰新居成,当从天侔求数色果木。太大则难活,太小则老人不能待,当酌中者,又须土砧稍大,不伤根者为佳,不罪不罪。

[学其短]

- 本文录自《东坡七集·续集》卷七。
- 苏轼,见第3页注。
- 程天侔,名全父,时在广东路罗阳郡任推官。

说 雅 俗

[念楼读]

人的身心，若不常常接受古今好思想好文章的洗礼熏陶，必然染上庸俗的灰尘；一照镜子，便会发现自己的形象越来越猥琐，开口说话也不免带着越来越重的俗气。

[念楼曰]

黄庭坚是性情中人，诗词书法都极具特色，所作小文也清隽脱俗，很耐咀嚼，这封短信便是一个很好的例子。

黄庭坚不愿见庸俗的面目，不乐听庸俗的语言，自己更不甘于庸俗。他的办法便是时常"用古今浇灌之"，从古今书册中去亲近古人，使自己浸淫在他们的风格和气味里。这才能使人脱离庸俗，渐入佳境。

这佳境便是雅。雅是俗的对立面，从来是有志行的读书人所追求的境界。春秋时孟尝君田文是有名的贤公子，其父田婴却最多也只能算是中材，王充著《论衡》便评论道：

> 夫田婴俗父，而田文雅子也。……故婴名暗而不明，文声贤而不灭。

到底是雅比俗好，还是俗比雅好，千百年来，人们心里都是雪亮的。但不知怎么搞的，近几十年来却一反故常，偏要提倡"通俗化"。大众本多俗人（我亦其一），若要提高全民的文化素质，正患其不能渐进于雅。原已俗得不能再俗的评书小说，还要统统拿来重新"戏说"，尽可能从高到低，从雅向俗地来作戏，以赚得低层次观众哈哈大笑为荣。黄庭坚若生于今世，恐怕只能向阴曹地府去办移民了。

答宋殿直

黄庭坚

人胸中久不用古今浇灌之,则尘俗生其间,照镜觉面目可憎,对人亦语言无味也.

[学其短]

◎ 本文录自叶楚伧《历代名人短笺》。
◎ 黄庭坚,字鲁直,号山谷道人,北宋洪州分宁(今江西修水)人。
◎ 宋殿直,殿直乃是官名,余未详。

说 大 伯

[念楼读]

　　从贵处借用的那个人,问他的名字他不说,只要人喊他"张大伯"。

　　什么老东西,居然一来就要做别人父亲的老兄,也未免太托大,太不自量了吧。

　　如果他谦逊一点,叫他声大叔还差不多,"大伯"嘛,休想!

[念楼曰]

　　一个借用的"剩员",居然敢在御前书画博士面前自称"大伯",料想他不会有这样大的胆子。据我看,一定是方言或者谐声引起的误会。碰上米芾这个颇有几分"癫"气的人,于是留下了这封很有特色的短信。

　　米芾的字画都极有名,文章却少见。这封信实际上只是一张便条,若不是大书法家的墨迹成了"帖",恐怕不会流传下来。寥寥三十三字,全是脱略诙谐的口吻,算得上一篇幽默短文,与"米颠"的形象正相吻合。

　　某些时期容不得幽默。朋友间写个便条,也得注意莫犯错误,怕别人拿去"上纲上线"。动笔时人人谨小慎微,平时最有风趣的人亦不敢开玩笑。要叫大伯就叫吧,如果他是三代贫下中农,谁还敢讨价还价啊。

　　曾国藩做京官时,有张姓医生自称"张大夫",曾氏记作"张待呼",在家书中表示奇怪,也是因方言谐音引起误会之一例。

与人帖

米 芾

承借剩员．其人不名自称曰张大伯．是何老物辄欲为人父之兄若为大叔犹之可也．

[学其短]

◎ 本文录自叶楚伧《历代名人短笺》。
◎ 米芾，字元章，人称"米南宫"，北宋襄阳人。

说 借 书

[念楼读]

　　魏老八家藏有苏东坡笺释的《易经》和《书经》，我向他借看，他不肯。这是个只认官衔不认人的人，唯有请吾兄出面。因为你在都察院做官，"察"的就是他们这些人；你开了口，他是不敢不借的。

　　此外还有什么好书，也千万先寄给我看看。

[念楼曰]

　　自己的面子小，得求面子大的人帮忙，古今一样，此不足奇。奇的是想方设法求人，求的却是借两本书看，倒是读书人才有的癖气。

　　从古就有"借书一痴，还书一痴"之说。还有藏书家告诫儿孙，将书"鬻及借人为不孝"的。所以也不能因为别人不肯借书，便说他"俗恶"。

　　但如果肯不肯借书的标准是"只认官衔不认人"，对读书人不肯，对做官的便肯，那么说他"俗恶"也不冤枉。

　　为什么说，王子敬"作科道"，那位魏老八就不敢不借呢？

　　清朝的中央监察机关都察院，内设吏、户、礼、兵、刑、工六科给事中，又按全国行政区划设十五道监察御史，对口稽查各部各省的政事和刑名案件。六科给事中和十五道监察御史，即所谓"科道官"，有检举揭发和公开批评各部各省官员的权力，"乃朝廷耳目之官"（张居正语），故人皆畏之。

与王子敬

归有光

东坡易书二传在家曾求魏八不与此君殊俗恶乞为书求之畏公作科道不敢秘也有奇书万望见寄。

[学其短]

◎ 本文录自《震川先生别集》卷七。
◎ 归有光，见第 127 页注。
◎ 王子敬，归氏门生。
◎ 魏八，不详。

说 交 友

[念楼读]

　　与君结识，可谓奇缘；用套话来形容，真是相见恨晚。但如果在十年前就结识了，那时你我的见解都不如今日，知心的程度便不会如此之深，观点也不会如此一致了。

　　能够结识一位朋友当然是十分难得的。我则以为，不愁不相识，只愁相识了却又不能互相理解，彼此切磋。只要能到达这种境界，相见晚一些，又有什么不好呢？

[念楼曰]

　　都说竟陵派的作品"幽深孤峭"，大约是他们太不愿意说前人说过的话，语必出于己，求之过深处，便不免显得有点做作，不十分自然了。

　　在待人接物上，钟惺也有一点"拗"，明史本传说他"为人严冷，不喜接俗客"，县志说"无酬酢主宾，人以是多忌之"。这种性格，自然和喜交游会做客的陈眉公大异其趣。

　　朋友难得的确实是都有见识而又彼此相知，能够在理解的基础上交流。抵掌畅谈固佳，静默相对亦自不恶，也不必要斤斤计较有益无益。钟惺这样说，未必是跳不出孔圣人设下的圈子，也可能是有意"严冷"一下，给眉公一个软钉子。

　　走在人生的道路上，所怕的便是寂寞。有一二人结伴，走起来觉得不那么冷清，就轻松多了。朋友就是这可以结伴同行的人，正不必还要他提供什么益处。这一点，钟惺自然是懂得的。

与陈眉公

钟惺

相见甚有奇缘,似恨其晚。然使十年前相见,恐识力各有未坚透处,心目不能如是之相发也。朋友相见,极是难事。鄙意又以为不患不相见,患相见之无益耳。有益矣,岂犹恨其晚哉。

[学其短]

◎ 本文录自施蛰存《晚明二十家小品》。
◎ 钟惺,字伯敬,明竟陵(今湖北天门)人。
◎ 陈眉公,即陈继儒,见第57页注。

说 借 钱

[念楼读]

想到芳野地方走走,请借五钱银子给我作用费。既说是借,自当奉还。——说是这么说,不过我这老头子的话,也不一定能够兑现呢。

[念楼曰]

这是日本诗人松尾芭蕉用汉文写的一封向人借钱的短信。周作人说它"在寥寥数语中,画出一个飘逸的俳人来",确实如此。文章、气质,均可入明人尺牍,称为上品。

松尾芭蕉,日本正保至元禄(清代顺治至康熙)时人。《中国大百科全书》说,他把俳谐发展为具有高度艺术性和鲜明个性的庶民诗,他的作品被日本近代文学家推崇为俳谐的典范。近代杰出作家芥川龙之介盛赞芭蕉是《万叶集》以后的最大诗人,至今他依然被日本人民奉为"俳圣"。

芭蕉擅长的俳句是日本独有的只有十七音的短诗,比中国的绝句还短,例如这一首:

> 古池呀,——青蛙跳入水里的声音。

还有一首:

> 望着十五夜的明月,终夜只绕着池走。

都明白如话,而意味悠远。如今有些中国人着意造作的"汉俳",在报刊上发表出来的,我却看得一头雾水,简直不知所云。

与去来君

松尾芭蕉

欲往芳野行脚,希惠借银五钱,此系勒借,容当奉还,唯老夫之事亦殊难说耳。

[学其短]

◎ 本文录自周作人《日记与尺牍》。
◎ 松尾芭蕉,日本 17 世纪的俳谐诗人。
◎ 去来君,松尾芭蕉的一位门人。

说 荻 港

[念楼读]

到达荻港时，已是向晚时分。船泊在岸边，只有一片芦苇，在风中轻摇轻响。

近处再无旁人，但见一叶渔舟，在夕阳中缓缓而去。"欸乃一声山水绿"，猛然觉得，这不是柳子厚诗中的画面吗？

如果由你挥毫，用倪云林、黄子久的笔法，将这幅小景画下来，一定会成为不朽之作的，我相信。

惠赠手杖谢领，会面之后，随你去哪里，都可以追随了。

[念楼曰]

吴、奚二人是画友亦是文友，吴写信告奚，已舟抵荻港，文笔颇有画意。

这荻港在什么地方呢？郑板桥《道情》十首中咏老渔翁，"沙鸥点点轻波远，荻港萧萧白昼寒"，使荻港一词更带上了诗情。但那只是泛指，并不是实有的地名。

辞典上共有三处荻港：一处在安徽滁州西北，并不近水，当然不是。一处在安徽繁昌长江边上，是个水陆码头，发达已久，恐亦不会"芦风萧萧，四无行人"。还有一处则只能在民国二十年（1931年）商务印书馆出版的《中国古今地名大辞典》中找到，在浙江吴兴县（今湖州市）南，临苕溪，最为近似。因为吴和奚都是钱塘人，活动多在浙西苏南一带，这里应是他们往来之地，当然这亦只是我的猜测。

柬奚铁生

吴锡麒

舟抵荻港,芦风萧萧,四无行人,渔子掌小舟而出,遥赴夕阳中欸乃一声山水绿。此时此景,得足下以倪黄小笔写之,便可千古。奉到青藤一枝,伏听驱使。

[学其短]

◎ 本文录自叶楚伧《历代名人短笺》。
◎ 吴锡麒,见第41页注。
◎ 奚铁生,名冈,清钱塘(今杭州)人。
◎ 掌,驾船。

说 官 司

[念楼读]

打官司双方举证陈词,都会力求有理有利。如何判断是非呢?我的经验是:只有从准备最充分、组织最严密的说辞中,去发现他的破绽。

人们打官司,都有他们自己的目的。凡是他特别用心的地方,便是他特别需要罗织或掩饰的地方。振振有词,反而容易露出马脚,他的巧也就成为他的拙了。

至于有理的一方,通常并不会多说话。话也总是简单平实,不会有过多的增饰,甚至还会出现口误或记错。诚实和虚伪,有经验的人本可一望而知,因为诚实者总是不需要特别做作的。

[念楼曰]

此信只取其说事明白,这是观察入微、分析合理的结果,看似容易,却也难得。

人世上的事,说简单也简单,说复杂也复杂,就看人们怎样去对待它。一切事物无不有其情理,若能原其情推其理,本应该是不复杂的;怕就怕不讲情理,故意矫情夺理,或者硬搞一套上下四方往来古今从未有过的歪理出来命令大家"照办"。

打官司乃法律行为,当然得依法办事;但法律原是人制定的,所以从来又有"天理、人情、国法"的说词,大家都很认同。可见法律也应该合乎天理、顺乎人情,才能行之久远。刘邦兵入咸阳灭了秦朝,立刻宣布人民群众"苦秦苛法久矣,今与父老约法三章",这便是顺人情天理而立国法、简刑罚的好例。

复友人

李石守

凡两讼者各据所见，无不凿凿听讼之耳。何由鉴别，惟从其弥缝极工处便知其极破绽处。盖天下之人无故而多一语，此语必有所为，其极工处乃其极拙处。若夫理直者其言自简，了无曲折，反有拙漏，故望而知其诚伪也。

[学其短]

- ◎ 本文录自叶楚伧《历代名人短笺》。
- ◎ 李石守及其友人俱不详。

劝勉的短信十一篇

赶快走啊

[念楼读]

天道往还,有春的生机,就有冬的杀气;人事反复,有得志之日,就有失意之时。能掌握时机,决定进退,而又能堂堂正正行之,就算得大智大勇的贤者。我当然不行,不过略微能知道自己该怎么做罢了。

勾践这个人,只看他雄视阔步指点江山的样子,便可知只能共患难,不能同安乐。过去他打猎,你我是他的弓箭和猎狗;如今猎物已尽,弓箭便没有用处,猎狗也可以杀来吃了。这样的事,他这种心狠手辣的人是一定做得出来的,你还是和我一样,早点离开他吧。

如果还不快走,大祸必会临头。千万别再迟疑了,赶快走啊!

[念楼曰]

两个楚国人,辛辛苦苦进入越国,帮勾践"十年生聚十年教训",好不容易才灭了吴国。范蠡知道兔死狗烹、鸟尽弓藏的道理,赶快离开勾践,下海当大老板去了。文种却要帮忙帮到底,不听范蠡这番忠言,结果被勾践赐死,请他到地下去帮先王。结局反差之大,故事性之强,无逾此二人者矣。

此二人都是心想事成高明得很的人,结局不同只因知不知"进退"。当然,如果更高明一点,一开头就不进,不去与"鹰视狼步"的人共患难,早些下海早发财,西施也省得去陪夫差那么些年,岂不更妙。

自齐遗文种书

范 蠡

吾闻天有四时,春生冬伐.人有盛衰,泰终必否.知进退存亡而不失其正,惟贤人乎.蠡虽不才,明知进退.高鸟已散,良弓将藏.狡兔已尽,良犬就烹.夫越王为人长颈鸟喙,鹰视狼步,可与共患难而不可共处乐,可与履危不可与安.子若不去,将害于子明矣.

[学其短]

◎ 本文录自《全上古三代文》卷五。
◎ 范蠡,春秋时楚国宛(今南阳)人,助越灭吴后离去,经商致富,称"陶朱公"。
◎ 文种,春秋时楚国郢(今湖北荆州西北)人,助越灭吴后被越王赐死。

阿房即阿亡

[念楼读]

被我国征服的原六国地区，到处都造反了，皇上还在大建阿房宫。这阿房啊，恐怕要成为"阿亡"了。

您过去一直不向始皇帝讲真话，无非是为了迎合他的意旨，以为这样才能永保富贵。可是，如今的二世皇帝已经好几次斥责您了，您也该想到自己的危险了吧！

[念楼曰]

范蠡说"狡兔已尽，良犬就烹"。文种是良犬讲良心，才死于丧良心主子之手。李斯则本是条没良心的恶犬，焚书坑儒等万恶之事都是他助成的，后来又伙同赵高害死扶苏、蒙恬，奉承秦二世大修阿房宫，残民以逞，结果被腰斩，死亦不足蔽其恶。

焚书坑儒，是想叫天下人都不敢说话；殊不知焚书坑儒以后，还有冯去疾这样的人。正史未载冯去疾其人其事，有可能出于虚构，但人们虚构出来的也就是人们希望有的。他们焚书坑儒，以为只要天下之人都无书可读不敢读书，自己的统治便可以"长治久安"，永远维持稳定。殊不知读书读得多尤其是"一心只读案前书"的人，倒未必敢带头造反，古不有诗云"坑灰未冷山东乱，刘项原来不读书"吗？

"阿房者，阿亡也。"统治者将大兴土木作为粉饰门面维持统治的手段，而浪费民力国力的结果反而是统治更快地垮台，阿房即阿亡，一点不错。

秦皇和李斯倒行逆施自食恶果，报应来得和"四人帮"一样快。

与李斯书

冯去疾

山东群盗大起,而上方治阿房宫。阿房者阿亡也。君前以不直谏阿上意,谓爵禄可以永终。然今上数诮让君,君其危哉。

[学其短]

◎ 本文录自王符曾《古文小品咀华》。
◎ 冯去疾,秦人,余未详。
◎ 李斯,战国时楚国上蔡(今属河南)人,入秦为丞相,后死于赵高之手。

积极与消极

[念楼读]

我认为,人的成就主要表现在三个方面:最重要的是道德,其次是事功,再其次是著作。

伯陵先生您的个人修养和操行的确十分高尚,连生活小节上都无瑕可指,这当然可贵。但道德不该只限于一身,它可以并且应当通过著作和事功表现出来,这一点希望能更加注意。最好能在上述三个方面都做出成绩,您就可以达到更高的境界了。

[念楼曰]

挚峻和司马迁是从少时起就交好的朋友,两人对现实的态度却并不相同。

司马迁抱着入世的态度,修身立德以周公孔子为法,著述立言争文采表于后世,治事立功日夜思竭其才力,乃至给挚峻写信,为李陵游说,亦莫非想积极地帮助朋友,以为这样就可以"自我实现"。而事乃有大谬不然者,积极的结果是"佴之蚕室",成为阉人。

挚峻却抱着出世的态度,他回答司马迁道:

> 能者见利,不肖者自屏,亦其时也。《周易》:"大君有命,小人勿用。"徒欲偃仰从容,以送余齿耳。

自居于"不肖""小人",将立德立功立言的事业让给"能者"和"大君"去做,于是终身不仕,老死山林。

与挚伯陵书

司马迁

迁闻君子所贵乎道者三．太上立德．其次立功．其次立言．伏惟伯陵材能绝人．高尚其志．以善厥身．冰清玉洁．不以细行荷累其名．固已贵矣．然未尽太上之所繇也．愿先生少致意焉．

[学其短]

◎ 本文录自《全汉文》卷二十六。
◎ 司马迁，字子长，西汉夏阳（今陕西韩城）人。
◎ 挚伯陵，即挚峻，西汉长安（今西安）人。
◎ 繇，同"由"。

戒阿谀奉承

[念楼读]

　　君房先生：被选任宰辅大臣，当然是极好的事。但只有心中想着施仁政，辅佐君王行义道，才会使天下百姓高兴。

　　千万别阿谀奉承。如果君王不对时也一味顺从他，完全放弃了自己的责任，那就会害国害民，最后还会害了自己。

[念楼曰]

　　严子陵是不愿做官的人，如今富春江上还留有一座钓台，作为他"独向清江钓秋水"的见证。

　　侯霸却是个很会做官的人，在汉成帝时为太子舍人；王莽篡国后反得提升，最后当上了淮平（临淮）郡的大尹，很能保全地方；王莽败灭，又被光武帝征为尚书令，旋即升任司徒，"位至鼎司"了。

　　"鼎司"指国之三公，即司马、司徒、司空，又称太师、太傅、太保，为古代朝廷中最重要的大臣，相当于宰相。后来官制变迁，这些渐渐都成了虚衔。侯霸能历事三朝，成为不倒翁，一是比较能干，二是十分听话，一直能得皇帝的欢心。他的下任韩歆，即因顶撞光武，被责令自杀。

　　严光给侯霸打预防针，不为无见。后来侯霸视事九年，并没有"阿谀顺旨"到"要领绝"的程度，也许是严光的劝勉起了作用。

口授答侯霸

严光

君房足下．位至鼎司．甚善．怀仁辅义天下悦．阿谀顺旨要领绝．

[学其短]

- 本文录自《全后汉文》卷二十七。
- 严光，字子陵，汉余姚（今属浙江）人。
- 侯霸，字君房，汉密县（今河南新密）人。

绝 交

[念楼读]

　　还记得吗？我到丰县做县令时，你母亲刚去世，脱下孝服，前来见我。后来我当了侍书御史，你又忙不迭跑到御史衙门来。

　　如今你的官做大了，便派办事员来召见我这个降了职的郎官。难道你真以为自己就要当丞相、廷尉，我真成了你的下属，会以你的传见为荣吗？

　　刘伯宗呀刘伯宗，你对待老熟人，是不是太无情无义了啊？

[念楼曰]

　　朱穆二十来岁便当了县级官，因被举高第，桓帝时又当上了侍御史。数年后又升任冀州刺史，秩二千石，是位次九卿的高官了。可是因为查办宦官葬父逾制开棺陈尸（不开棺陈尸又怎能查明逾制的程度？），他被征诣廷尉问话，结果降作"左校"。这是管理制造工徒的"将作大匠"属下的小官，秩六百石（县令秩六百石至一千石），被一撸到底了。给刘伯宗的绝交信，大约便是这时写的。

　　刘伯宗的表现，现在来看亦属寻常。也可能他自己为"部民"时，去谒县令、见御史，态度太谦卑，太巴结了；如今成了秩二千石的高官，传见郎官也是按规矩行事，自然而然摆起了上级的架子，却忘记此郎官原来是自己卑躬屈膝巴结过的人。

与刘伯宗绝交书

朱　穆

昔我为丰令,足下不遭母忧乎,亲解缞绖,来入丰寺,及我为侍御史,足下亲来入台,足下今为二千石,我下为郎,乃反因计吏以谒相与,足下岂丞尉之徒,我岂足下部民,欲以此谒为荣宠乎,咄,刘伯宗于仁义之道何其薄哉。

[学其短]

◎ 本文录自《全后汉文》卷二十八。
◎ 朱穆,字公叔,东汉南阳宛郡(今河南南阳)人。
◎ 刘伯宗,未详。

勿 禁 渔

[念楼读]

　　天地之间的水面宽得很。人去搅动它,不会显得更浊;不去搅动它,也不会显得更清。人在江湖水面上本来是完全自由的。

　　现在政府却不许老百姓下江湖捕鱼了,撒一网,装一筍,都要扣留他们的渔具,不交罚款便取不回。听说有时罚款高达上十匹布,老百姓怎么负担得起?

　　我真有点不明白:以前管漆园的庄子,怎么能稳坐在江边垂钓,楚王的使者到了身后也不回头?还有《楚辞》写的那位渔父,怎么能悠然自得地摇着桨唱"沧浪之水清兮",自由自在地在江上捕鱼呢?

[念楼曰]

　　京戏里有一出《打渔杀家》,萧恩带着女儿桂英捕鱼为生,本不想再惹是生非,安分守己地做顺民;偏偏又来人讨渔税,激化了矛盾,于是结果只能"杀家"——重出江湖。王胡之劝庾氏莫夺渔具莫罚款,其实还是为了"稳定"着想,是在退火,不是点火。

　　其实有时候禁渔也是必要的。《国语》:"水虫孕,水虞于是乎禁置罜䍝"。在鱼的繁殖季节,历史上从来提倡禁渔,为了保护资源。但不宜以强迫命令行之,尤其不该一年四季霸着江湖"讨渔税",断了小民的生路。鱼要活,人也要活。

与庾安西笺

王胡之

此间万顷江湖,挠之不浊,澄之不清。而百姓投一纶下一筌者皆夺其鱼器,不输十匹皆不得放,不知漆园吏何得持竿不顾,渔父鼓枻而歌沧浪也。

[学其短]

- 本文录自《全晋文》卷二十。
- 王胡之,字修龄,东晋琅玡(今山东临沂)人。
- 庾安西,名翼,字稚恭,东晋鄢陵(今属河南)人,为安西将军。

难 为 兄

[念楼读]

你家这位"小和尚"弟弟，其实是颇有思想的。人很潇洒，却少有轻率随便的时候。发言能说透道理，诗文也称得上一流。讲句玩笑话，只怕二位还难得做他的老兄，对于他的"进步"，你们就不必过于操心了。

[念楼曰]

南北朝时，陈寔的儿子元方、季方都很有名，孙辈争论他俩谁更有名，陈寔裁判道：

元方难为兄，季方难为弟。

从此"难兄难弟"便作为成语流传下来了。

王昕、王晖是"扪虱谈兵"的王猛的后人，兄弟九人，俱有才学，世称"王氏九龙"。信中说的"弥郎"即王晞，小名沙弥，意思就是小和尚。王昕、王晖是王晞的哥哥，关心弟弟的进步，多次从洛阳寄信给和王晞在一起的邢臧，传达教训之意。

哥哥关心弟弟当然是很好的事情，但也得先了解弟弟的实际情况，做到有的放矢。如果弟弟已经"丽绝当世"，水平早就超过了哥哥，那就不必以居高临下的态度出之，还是平等相待为好。

这道理也适用于一切传道授业解惑的人，尤其是自以为有这种责任的人。如果硬要以为只有自己高明，而别人不是猪头三，就是阿木林，种种麻烦很可能便由此而起。

与王昕王晖书

邢臧

贤弟弥郎,意识深远,旷达不羁,简于造次,言必诣理,吟咏情性,往往丽绝当世。恐足下方难为兄,不暇虑其不进也。

[学其短]

◎ 本文录自《全后魏文》卷四十三。
◎ 邢臧,字子良,北朝鄚(今河北任丘)人。
◎ 王昕、王晖(王昕之弟),北朝剧(今山东寿光)人。

请 宽 心

[念楼读]

有幸和令弟同事，因而得知您心境开朗，著作宏富，丝毫没有为小小得失牵累，一心以自己的文章启迪今人传之后世，竹溪先生您真可以说是事业有成，自我实现了。

小人得志暂时风光的人多着呢，真正能够以学问文章留名今后的又能有几人？那些只图眼前风光的人，他们是不会有今后的，一定的。

[念楼曰]

只知道林希逸工诗文，善书画，学问也好，研究《易》《礼》《春秋》和老庄、列子，都有著作刊行；却不知道他因何"戚戚得丧"，大约总是在朝为官犯错误受了处分吧。

文天祥和林希逸的弟弟"为寅恭"，便是同僚好友，还有"年谊"（同科考试及第）。他关心同僚的兄长，体贴入微，令人感动。从小学三年级起就知道文天祥是著名将领，是为国捐躯的烈士，"孔曰成仁，孟曰取义"直到如今还背得出来，却不太知道他也是一个充满了人情味的人。

不知从什么时候起，英雄烈士都成了"非常之人"，他们既能克制世俗的欲望，也能拒绝正常的情感。如果告诉他，文天祥不仅曾经如此同情"犯错误"的人，还十分喜欢声色女乐，只怕他还会不相信呢。

勉林学士希逸

文天祥

某夙有幸获与介弟为寅恭。因之有以询居处著作之万一,不戚戚得丧而言语文章足以诏今传后,竹溪先生何憾哉。一日之赫赫者多矣,千载而赫赫者几人,为一日计者无千载也决矣。

[学其短]

◎ 本文录自叶楚伧《历代名人短笺》。
◎ 文天祥,号文山,南宋庐陵(今江西吉安)人。
◎ 希逸,即林希逸,号竹溪,南宋福清(今属福建)人。

不可与同游

[念楼读]

灵谷寺的松林的确幽美,寺前那条溪涧给人的印象也不差。要去游玩,最好是约唐存忆一同前往。

像吕豫石那样一副人事处长相,脚还没提起肚子已经往前挺;李玄素则一身长袍大褂,走起路来大摇大摆,差不多要甩断挂起来给人看的玉鱼坠子。在热闹大街上拦着骑马坐轿的打招呼,故意大声讲话引起路人注意,才是他们的本色。好山好水之间,是容不得这号角色的。

[念楼曰]

别人要去游灵谷寺,约谁同去,本是别人的事。王君却偏要苦苦地劝他只能约某人去,不能约某某等人去;而不能去的理由,则在其"足未行而肚先走","两襻摇断玉鱼",总之是官架子太足,太俗了。于此可见王君的性情直率可爱,其刻画人物的手段尤其入木三分,妙不可言。

王君笔下的吕豫石、李玄素之流,现在的"精英阶层"中仍然大有人在,不过长袍大褂变成了名牌西服,拦住大声打招呼的也该是进口名牌敞篷车了。

名胜风景处,俗人不可与同游,这一点深得我心。所以我的不出门早就出了名,不必等到老病卧床不起的时候了。

答李伯襄

王思任

灵谷松妙,寺前涧亦可约唐存忆同往,则妙若吕豫石一脸旧选君气足未行,而肚先走李玄素两襥摇断玉鱼往来三山街邀喝人下马,是其本等山水之间着不得也。

[学其短]

◎ 本文录自王思任《文饭小品》。
◎ 王思任,即王季重,见第 35 页注。
◎ 李伯襄,未详。
◎ 灵谷,寺名,在今南京紫金山之阳,原名蒋山寺。

交 好 人

[念楼读]

野梨子又酸又涩，简直跟枳实一样，不能入口。将它的枝段和优良果树嫁接以后，结出来的梨就可以勉强吃得了。再嫁接几次，口味居然赛过了又甜又脆的哀家梨。

由此可见，人之相交，一定要交品质好、学问好的好人。

[念楼曰]

以果木嫁接作譬喻，说明应该"相与好人"，算得上会写信的高手了。但也有人质疑，说"相与好人"便可以转化人的气质，事实上恐怕没有这样简单。

第一是好人不是那么现成好找的。"行要好伴，住要好邻"这话谁都会同意，却只能是一厢情愿。中苏两党论战时，苏方来信所引俄罗斯的谚语不是说"人们可以选择老婆，却无法选择自己的邻居"吗？

第二是"嫁接"的办法也容易发生偏向。且不说桃根是不是最好的嫁接材料，即使都嫁接成功，清一色地"改造"成了"哀梨"，世界上的梨子全是一种口味，岂不又会使人觉得过于单调了吗？到那时，酸涩的野梨只怕倒成了如今的"土鸡蛋"，想吃也难得吃到了。

孔夫子赞成交"益友"，段一洁说"不可不相与好人"，出发点并不错。但若"益"的标准是于我有益，"相与好人"的目的是为了自己好，则过于从功利考虑了。

人生在世，恐怕不能事事全为功利，还应该有自己的理想和自己的兴趣追求。

与吴介兹

段一洁

野梨酸涩类枳，断桃根接之，稍可啖。再接之三接之甘脆远过哀梨。可见人不可不相与好人也。

[学其短]

◎ 本文录自叶楚伧《历代名人短笺》。
◎ 段一洁，字玉鉴，明末直隶长垣（今属河南开封）人。
◎ 吴介兹，名晋，明末江南上元（今江苏南京）人。

敬 恕 二 字

[念楼读]

  吾兄连年作战有功,已经当上总兵官,独当一面。国家论功行赏,给的待遇很是优厚。很快你又要升任提督军门,位置更高,荣名更大,责任也更大了。

  我愿奉赠吾兄两个字:律己要"敬",做大事小事都要小心谨慎,不敢疏忽;待人要"恕",功不全归自己,过不推诿别人,事事都要留有余地。能时时记住这两个字,自会胜任愉快,永远成功,谨此祝贺。

[念楼曰]

  之前十封信,都是文人写给文人、文人规劝文人的。写信的如范蠡曾是越国上将军,接信的如李斯正做秦朝丞相,但他们本质上仍然是文人。只有这封信,写信的曾国藩时为总督,节制江南四省军政,也仍是文人行事;接信的鲍超却是一介武夫,接到信得请营中的"老夫子"念给他听,给他讲解。

  鲍超虽然不识字,却是曾国藩手下一员得力的战将。此时他已"开府作镇",当上镇台(相当师级),马上就要升提督军门(军级)了。曾国藩要使用他,就得教育他,使他少犯错,不坍台。都说曾氏能用人,会用人,这封信便是范例之一。"乱世英雄起四方",出身草莽,因为不怕死,打仗打成了大官的,历朝历代都有。不听教训,结果身败名裂的,曾手下有李世忠、陈国瑞,后来也不乏其人。

与鲍春霆

曾国藩

足下数年以来,水陆数百战,开府作镇。国家酬奖之典,亦可谓至优极渥,指日荣晋提军勋位,并隆务宜敬以持躬,恕以待人。敬则小心翼翼,事无巨细皆不敢忽;恕则凡事留余地以处人,功不独居,过不推诿,常常记此二字,则长履大任,福祚无量矣。

[学其短]

◎ 本文录自《曾文正公全集》。
◎ 曾国藩,号涤生,清湖南湘乡白杨坪(今属双峰)人。
◎ 鲍春霆,名超,清四川奉节人。

家人的短信十一篇

实至名归

[念楼读]

见到徐伯章的来信,那草字真是写得妙极了。懂得书法的人看了,无不极口称赞。

可见才艺只能靠努力养成,有了才艺自然会得到赏识,名声一定会起来,实至则名归啊。

[念楼曰]

班固、班超兄弟和他们的姊妹班昭,真可谓一门三杰,历史上很少见。除了受父亲班彪的影响,同胞间互相砥砺,也应该是他们学问事业有成的重要原因。

徐伯章是班超的朋友,后来又是班超立功西域的重要助手。班固见徐伯章的草书写得好,众人"莫不叹息",立即抓住这件事情给弟弟班超写信,给他讲"艺由己立,名自人成"的道理,进行教育和鼓励。这在平常朋友通信中是不大常见的。

班超大约也曾用功练习过书法,后来却决心建功万里外,投笔从戎了。班固自己亦不以书法成名,这里谈的只是个人成功得靠自己努力的普遍真理,伯章书"稿势殊工",不过是写信的一个由头。

"艺由己立",关键在己,自己不能练出真本事,是立不起来的。"名自人成",关键好像在别人,别人不认可,不赞赏,确实也成不了名;但仔细一想,关键仍在自己,如果自己不能凭本事立起来,别人又怎么会认可,会赞赏呢?

与弟超书

班固

得伯章书,稿势殊工。知识读之,莫不叹息。实亦艺由己立,名自人成。

[学其短]

◎ 本文录自《全后汉文》卷二十五。
◎ 班固,字孟坚,东汉安陵(今陕西咸阳)人。
◎ 弟超,班固之弟班超,字仲升。
◎ 伯章,姓徐名干,东汉平陵(今咸阳西北)人,班超的同事。

注重人格

[念楼读]

听说你要外出当差,家中四壁空空,如何筹措一切?

论名望我家最低,论家境我家最穷。但不能因为地位低就抬不起头,不能因为家里穷不自尊自重,人格是最要紧的。

[念楼曰]

司马徽在《三国演义》第三十七回中以高士面貌出现过,那是小说家言。他确实有品德,时人称之为"水镜先生",可见其行事相当透明,见解比较透彻。儿子走向社会,他交代的不是如何处世应酬,争取机会,而是只怕其"志不壮,行不高",不能够自尊自重,丧失品格。

俗话说"人穷志短,马瘦毛长",司马徽教子,却教他越穷越要有志气。这和《颜氏家训》所云,齐朝一士夫教子鲜卑语及弹琵琶,"以此伏事公卿,无不宠爱",正是极端相反的两种态度。

读书人从来便可以分成两类。一类的生活目标是"伏事公卿",只要能升官发财,无论干什么都可以。一类的生活目标却是要养成并保持高尚的品格,即使"室如悬磬",也不能"摧眉折腰事权贵,使我不得开心颜"。水镜先生当然属于后一类。

此处以"人格"为题,古时当然无此词语,但教子"勿以薄而志不壮,贫而行不高",亦可以"注重人格"形容之,至少我是这样看的。卢梭首倡"天赋人权",人权既属天赋,则人人生而有之,并不是卢梭喊出来的。人格也应该是人人生而有之,往来古今一样的吧。

诫子书

司马徽

闻汝充役，室如悬磬，何以自辨，论德则吾薄，说居则吾贫，勿以薄而志不壮，贫而行不高也。

[学其短]

◎ 本文录自《全后汉文》卷八十六。

◎ 司马徽，字德操，东汉阳翟（今河南禹州）人。

为 子 求 妇

[念楼读]

　　容儿是长子,也成年了。父亲像我这样,上等人家谁会嫁女给他?就从平民小户中给他找对象吧,我还真想早一点抱孙子呢。

　　找亲家本无须门当户对,好子女亦未必出自高门。扬子云写得出仿《论语》的《法言》,却并不姓孔。我家舜帝爷是圣人,他父母和弟弟的名声却不好。说什么木有根水有源,反正虞家世世代代都出痴子,无非下一代再出一个就是了。

[念楼曰]

　　举出虞舜"父顽母嚚"(语出《史记》)的例子,来对抗"龙生龙,凤生凤"的观点,可谓高明。

　　三国时无"阶级出身"之说,但看重世家旧族,本质上和这也差不多。

　　当然,找亲家看阶级出身、家庭成分,千百年来从没有比20世纪五六十年代更注重的,简直害苦了整整一代人。但虞翻生于一千七百多年前,能够破除门户之见,说出"芝草无根,醴泉无源"这样的话来,毕竟非常难得。

　　家书尤其是父兄写给子弟的,往往都一本正经,板着面孔说话,这也是讲究尊卑长幼秩序的传统文化的一种特色。虞翻此信能打破常规,以"虞家世法出痴子"一语结束,看似自嘲,实系幽默,使人耳目一新。

与弟书

虞 翻

长子容当为求妇,其父如此,谁肯嫁之者?造求小姓,足使生子天其福,人不在旧族。扬雄之才,非出孔氏之门。芝草无根,醴泉无源。家圣受禅,父顽母嚚,虞家世法出痴子。

[学其短]

◎ 本文录自《全三国文》卷六十八。
◎ 虞翻,字仲翔,三国时吴余姚(今属浙江)人。
◎ 嚚(yín),愚顽、奸诈之意。

勿 求 长 生

[念楼读]

有理想的人，只怕活得没价值，不怕活得不久长。敬神仙，求长生，像水中捞月，无论如何也捞不上，只能是一种妄想罢了。

[念楼曰]

成汉是晋室衰败时出现的"十六国"中最早建立的小国之一，以成都为中心，从西晋太安到东晋永和间，存在了四十多年。因为远离中原战乱，成汉前三十年中"事少役稀，百姓富实"。天师道教于是在那里盛行，教主范长生竟做了丞相，社会上信神仙求长生的人越来越多。陈惠谦的侄儿沉溺得可能过深，才引出这样一封信。

"君子疾没世而名不称焉"是司马迁的话，他追求的不是长生，而是自我实现。陈惠谦用这句话来教育侄儿：人不能把活下去当成人生唯一的目的，不该痴心妄想追求长生久视，因为这"如系风捕影"，事实上做不到。

系风捕影，就是想捆住天风、捉住人影，乃是水中捞月一样根本不可能的事情。能够认识到妄求长生"如系风捕影"，又能够写出这样的信来，陈惠谦当然是读通了书的人。她侄儿想必也是个读书人，如果不是，陈惠谦也不会对牛弹琴，浪费笔墨。有的人不读书，没思想，不能也不敢怀疑神仙和准神仙的存在和万能，于是迷信它，崇拜它……一直干着系风捕影的蠢事。

戒兄子伯思

陈惠谦

君子疾没世而名不称,不患年不长也。
且夫神仙愚惑,如系风捕影,非可得也。

[学其短]

- 本文录自《全后汉文》卷九十六。
- 陈惠谦,东汉成固(今陕西城固)人,度辽将军张亮则之妻。

将人当作人

[念楼读]

你们年纪尚小,早晚生活安排,定有不少困难。现派去一名劳役,帮助做点打柴挑水之类的事情。他虽系奴仆,同样是人生父母养的,对待他务必要和善一些。

[念楼曰]

陶渊明《责子诗》中嗟叹过,自己"白发被两鬓"了,"虽有五男儿",长子"阿舒已二八"还只有十六岁,最幼的"通子重九龄,但觅梨与栗",更不懂事。所以他去彭泽当县令,便派一名"力"回家来助"薪水之劳",照顾自己的儿子,这是出于父子之情。但在顾惜自己儿子的同时,还能顾惜到这名"力"也是人家的儿子,说出"此亦人子也,可善遇之"这句话来,充满了博爱的精神,"幼吾幼以及人之幼"了。就凭这一句话,陶渊明便当之无愧可称为人道主义者。

"此亦人子也",就是将人当作人;但是还有一种与此相反的态度,则是不将人当作人。秦始皇之对儒生,希特勒之对犹太人,侵华日军之对待南京的中国老百姓,便是不将人当作人,比起陶渊明来,实在相差得太远太远了。

在人类历史上,如陶公这样的智者哲人,他们的仁爱之心、人道主义的思想,永远是最灿烂的明星,指示着进化和提升的方向。屠戮、虐杀、迫害人之子的独裁者和暴君,则一个个都已经或必然会被钉在耻辱柱上,永远被人唾骂。

遣力给子书

陶潜

汝旦夕之费,自给为难。今遣此力,助汝薪水之劳。此亦人子也,可善遇之。

[学其短]

◎ 本文录自叶楚伧《历代名人短笺》。
◎ 陶潜,又名渊明,字元亮,东晋浔阳(今江西九江)人。
◎ 力,干力气活的奴仆。

人 与 文

[念楼读]

你年纪还轻,最要紧的是学习。事业要做大,成就要久长,也先要好好学习。孔夫子说,他思考问题思考到不吃不睡的程度,思考来思考去还是空对空,总不如埋头学习,才能实实在在得益。

不学习犹如脸贴着墙,会一无所知;外表再好看也是猴子穿新衣,成不了人。

学习首先要学会做人,同时也要学会作文章。做人要讲规矩,要稳重,要认真;作文章却要放得开,可以自由潇洒一点。

[念楼曰]

宋徽宗、李后主和这位梁简文帝,都是天生的文化人胚子。他们如果不生在帝王家,便不会亡国,被俘,被害,便可以多写好多年诗词,多画好多年的画,这对于诗,对于画,对于他们自己,实在都是最大最大的好事。

简文帝七岁能诗,是南朝宫体诗的主要作者,写过不少清丽可诵的好诗,如《金闺思》二首:

> 游子久不返,妾身当何依。日移孤影动,羞睹燕双飞。(其一)
> 自君之别矣,不复染膏脂。南风送归雁,聊以寄相思。(其二)

他以"立身先须谨重,文章且须放荡"教子,我以为也不错。如果错了,那岂不是"文章先须谨重,立身必须放荡"吗?何况他的诗文也并不怎么放荡。

诫当阳公大心书

萧 纲

汝年时尚幼,所缺者学.可久可大,其唯学欤.所以孔丘言吾尝终日不食终夜不寝以思无益不如学也.若使墙面而立,沐猴而冠,吾所不取.立身之道与文章异,立身先须谨重,文章且须放荡.

[学其短]

◎ 本文录自《全梁文》卷十一。
◎ 萧纲,梁简文帝,字世缵。
◎ 当阳公,名大心,字仁恕,萧纲之子。

不可不守

[念楼读]

　　每个人都应该尽自己的责任，不应该放弃自己的责任。去年我受处分，就是因为坚持原则，不肯随风使舵跟着去当历史的罪人。虽被贬谪外地，并不以为耻辱。绪儿和汝儿你们也应该理解我，要知道人是不应该放弃责任的啊。

[念楼曰]

　　颜真卿多次以"言事得罪"，第一次在四十一岁为侍御史时，反对宰相吉温以私怨构陷属官，被派去洛阳做采访使判官；第二次在四十四岁任武（兵）部员外郎时，不附和宰相杨国忠，被外放为平原郡太守；第三次是四十九岁以功除宪（刑）部尚书才八个月，又以"于军国之事知无不言"为宰相忌，出为冯翊（同州）刺史；第四次在五十二岁内调刑部侍郎后，唐肃宗将玄宗迁入西宫，他"首率百官"去问候玄宗，被贬为蓬州长史；第五次在五十八岁复任刑部尚书后，上疏切谏不得阻遏百官论政，接着又言太庙祭器不修，宰相元载遂坐以"诽谤"之罪，贬他作硖州别驾，旋移贬吉州司马。这封信就是他在吉州时写的。

　　这次被贬，颜真卿在外州外郡待了十一年，直到六十九岁时，忌恨他的元载垮了台，才回朝复任刑部尚书，又以直言为宰相卢杞所憎，终于被卢借刀杀人——在七十五岁时因奉派"往谕"叛军被扣押，七十七岁时送掉了老命，实践了"不可不守"的宣言。

与绪汝书

颜真卿

政可守,不可不守.吾去岁中言事得罪.又不能逆道徇时为千古罪人也.虽贬居远方终身不耻.绪汝等当须会吾之志,不可不守也.

[学其短]

- 本文录自《全唐文》卷三百三十七。
- 颜真卿,见第27页注。
- 绪、汝,很可能是颜氏二子�、硕的小名。

贺侄及第

[念楼读]

下放海南，行经广州，在颠沛的旅途中得知侄儿考取，倦苦的心情不禁为之一喜。

三哥一生孝义，律己严明，嫂子治家能干，教子有方，你们如今终于得到了回报。

明天就要渡海，匆匆写此数行，让嫂嫂知道我的心意就行了。

[念楼曰]

科举制度肇自隋唐，至宋代已臻完备。子弟读书应试，成为士人家庭中的头等大事。苏轼只有一个同胞的弟弟，这位三哥肯定是排行的，而且已经去世，故堂侄考试及第，便只能向嫂氏祝贺；称之曰太君，则其年纪至少已逾六旬，早过了防闲的警戒线。不然的话，古时叔嫂不通音问，"嫂溺援之以手"也不允许，苏东坡又怎么能给嫂嫂写信。

苏轼谪海南时在绍圣四年（1097年），五月在惠州接到命令，独身携幼子苏过启程，六月十一日由雷州渡海，七月十三日抵达安置地儋州。那么这封信应该是从惠州到雷州途经广州时写的，其时他也是六十二岁的老人了。

人愈老，愈处于狼狈流离之中，愈会觉得亲情的可贵，当然这也只有在承认亲情、尊重亲情的社会中才能如此。

与史氏太君嫂

苏 轼

某谪海南狼狈广州，知时侄及第流落中尤以为庆，乃知三哥平生孝义廉静自守。嫂贤明教诲有方，天不虚报也。明日当渡大海，聊致此书，嫂知意而已。

[学其短]

◎ 本文录自中华书局《苏轼全集》第六十卷。
◎ 苏轼，见第 3 页注。

缓 缓 归

[念楼读]

路畔田头，野花已经开遍，你也可以慢慢收拾回家来了吧！

[念楼曰]

"乱世英雄出四方，有枪就是草头王。"写这封信的钱镠，就是这样一位乱世英雄。他原是个私盐贩子，恰逢残唐乱世，便拿起刀枪，凭自己本事，居然成了称霸一方的吴越国王。

这封信是他写给回娘家的夫人，催她回来的，却写得旖旎有致，充满了温情，全不像赳赳武夫的手笔。

看得出钱大王很爱夫人，希望她快点归来。信只有两句，第一句"陌上花开"，点明此际春光大好，提醒夫人不要辜负大好芳时。明明心情迫切，第二句"可缓缓归矣"却欲擒故纵，含蓄委婉，完全以商量的口气，显出了一片好男人的温柔。

在家庭和夫妻生活中，女人所希冀的，莫过于男人能注意并尊重她们的身心，"以所爱妇女的悦乐为悦乐而不耽于她们的供奉"（西蒙斯论凯沙诺伐语）。而在古代东方，女人普遍只是工具和器物，实在太不可能有这样的享受，似此者可谓难得。

后来苏东坡以《陌上花》为题作诗，有句云：

遗民几度垂垂老，游女长歌缓缓归。

钱大王这封信已经化为歌诗，传播开来，流传后世，这就是比唐昭宗赐给他的丹书铁券更可贵的奖赏了。

与夫人书

钱镠

陌上花开,可缓缓归矣。

[学其短]

◎ 本文录自叶楚伧《历代名人短笺》。
◎ 钱镠,五代时吴越国王,临安(今杭州)人。

惟君自爱

[念楼读]

住城内不如住郊区,住郊区又不如住山中。你愿意搬到西林寺中小住,当然很好。但山居不免寂寞,务请善自珍摄,多多保重。

[念楼曰]

周亮工《尺牍新钞》全书作者二百三十七人中,女子只占二人,又只有周庚(明瑛)一人给丈夫写了信。

从此信可以看出,这是一对互相体贴的夫妻,又是两个彼此理解,能够平等地进行文字交流的朋友。在中国古代历史上,此最难得。

古时妻子与丈夫以文字交流,最早的当然是徐淑,可惜知名度不高。卓文君和司马相如开头浪漫,最后却只留下一首悲悲切切求男人"白头不相离"的哀歌。王献之《别郗氏妻》动了真情,郗氏却不见答复,也不知她能不能文。李清照和赵明诚,如《金石录后序》所叙,实可谓空前佳偶,他们夫妇之间除了诗词,也一定会有书信往来,却未能传之后世。周庚这封信,真要算是吉光片羽。

我想,女人若无特别原因,总是不会乐意"夫子"住到别处的。周庚与陈承纩既是夫妻,又是文友,才会有所不同,但"惟君自爱"四字轻轻落墨,意味却也深长。

与夫子

周　庚

城不如郊,郊不如山,徙之西林,诚善也。
山静日长,惟君自爱。

[学其短]

◎ 本文录自周亮工《尺牍新钞》卷十。
◎ 周庚,字明瑛,明末清初莆田(今属福建)人。
◎ 夫子,此指周庚之夫陈承纩(号挟公)。

怎样习字

[念楼读]

怎样习字呢?首先总要力求写得好看。学颜真卿、柳公权,如果学得好,字写出来既好看,又有骨力;学赵孟頫、董其昌,字写出来看是好看,就怕气魄不够,失之于纤弱。

你的天分并不低,问题是从前初学之时,没有善于讲解指导的老师;近来稍有进步,自己又好高骛远,急于求成。如今想要提高,既不可脱离原有的基础,又不可见异思迁,随意模仿,才不会走弯路。

[念楼曰]

此信写于同治五年(1866年)二月十八日,此时曾国藩以钦差大臣、两江总督的身份,主持直隶、山东、河南三省的"剿捻",正在山东。以位高任重、百事纷集之身,尚能对儿子应该怎样习字进行教导,实在难得。

曾国藩是教子成功的典型。他教子成功,一是时时不忘教,二是事事会得教。比如此信教导怎样习字,便讲得十分切实中肯,完全出于自己的切身体会。在这件事上,还有一个最好的例子,便是咸丰九年(1859年)八月十二日谈"作字换笔之法"一信,对横、直、捺、撇四种笔画都做了图解,"凡换笔(处)皆以小圈识之"。这封信在所有曾集包括全集中都完全印错了,读者将其和拙编《曾国藩往来家书全编》上卷对照一看,便可明白。

字谕纪鸿

曾国藩

[学其短]

凡作字总要写得秀学颜柳学其秀而能雄学赵董恐秀而失之弱耳尔并非下等姿质特从前无善讲善诱之师近来又颇有好高好速之弊若求长进须勿忘而兼以勿助乃不致走入荆棘耳

- 本文录自《曾文正公全集》。
- 曾国藩，见第187页注。
- 纪鸿，曾国藩之次子。

临终的短信九篇

不要造大墓

[念楼读]

　　我一生带兵作战，知道带兵作战是不会有好结果的。在战争中，我不止一次派人挖过大墓，因为大墓中用的木料多，可以取出来制作攻城或守城的器材，所以又知道，修造大墓大棺大椁，对死者是不会有好处的。我死之后，你们收敛做坟，千万不要多花人力物力，只用平时穿的衣服葬我就行。

　　人生到处为家，便到处可死可葬。如今离开先人坟墓已远，死在哪里便埋在哪里吧，什么地形、朝向都不必讲究，由你们决定便是了。

[念楼曰]

　　郝昭在曹家父子手下当将军，以战功封侯。长沙马王堆的大墓埋葬的也是一位侯爵，那木椁现陈列在湖南博物馆，足足占了一间大厅，如果当时挖出来"以为攻战具"，确实能顶用。

　　郝昭之不可及处在于：他为将而"知将不可为"，他挖过别人的祖坟便知道自己的坟迟早也会被别人挖，要预为之计。于是他留下这篇遗书，告诫儿子千万别造大墓，说明厚葬只会使挖坟的更早动手，这实在是十分明智的。

　　我自己两口子都是极普通的平头百姓，所以早就决定死后不造墓，不留灰，不占地，也省得以后劳烦人处理。

遗令戒子

郝昭

吾为将,知将不可为也.吾数发冢,取其木以为攻战具,又知厚葬无益于死者也.汝必敛以时服.且人生有处所,耳死复何在耶.今去本墓远,东西南北在汝而已.

[学其短]

◎ 本文录自《全三国文》卷三十六。
◎ 郝昭,字伯道,三国时魏太原人。

记恨街亭

[念楼读]

这些年来,您爱护我就像父辈爱护子侄,我尊重您也像子侄尊重父辈——现在一切都不必说了。

从前鲧被处死,他的儿子禹仍然得到重用。今日我犯法当斩,请求您也能好好看待我的儿子。希望我们之间这些年的情义,不要因为街亭这件事就完了。

只要家人能够得到丞相您的照顾,我虽伏法,在九泉之下,也就不会记恨了。

[念楼曰]

"马氏五常,白眉最良。"马谡(幼常)和他的哥哥马良(季常),都是从襄阳跟着刘备、诸葛亮打天下的,是蜀汉地地道道的老干部。结果"白眉"的季常死于对吴作战,小弟幼常又以"失街亭"被诸葛亮挥泪斩掉了。

说是说"犹子犹父",但若是真父子,还会斩吗?即使真的大义灭亲要斩,还用得着做这样的临终请托吗?

用马谡守街亭,是诸葛亮的责任。失街亭斩马谡,诸葛亮不能不负疚于心。在戏台上,他不是对马谡做了承诺吗?那么这封遗书,是收到效果的了,诸葛亮终究还是诸葛亮。

马谡引"殛鲧兴禹之义",却似乎不很恰当。即使他自己的重要性比得上鲧,难道他的儿子能够比得上大禹吗?所以马谡也终究是马谡。

临终与诸葛亮

马谡

明公视谡犹子，谡视明公犹父，愿深惟殛鲧兴禹之义，使平生之交不亏于此，谡虽死无恨于黄壤也。

[学其短]

◎ 本文录自《全三国文》卷六十一。
◎ 马谡，字幼常，三国时宜城（今属湖北）人。

生 离

[念楼读]

　　我们在一起的时候,每天从早到晚都很快乐,苦恼的只是不能在一切方面极尽满足。本以为可以白头偕老,谁知竟被迫永久分离。这一直是我心上无法愈合的伤口,它永远在流着血。

　　早晚再见上一面已经不可能了。死去时我只能带着这颗流血的心,和永远无法弥补的遗憾。真是没有一点办法,没有一点办法啊!还是早点死了吧!

[念楼曰]

　　都说人生最大的悲哀是生离死别,这封信便真真写出了生离死别的悲哀。

　　献之为王羲之幼子,初婚郗氏。后来简文帝三女儿新安公主的丈夫死了,选中王献之去"替补",遂被迫离婚。

　　献之只活了四十二岁,他是道家信徒,临死时按道教规矩,家人要为他上章忏悔一生过错,问他要忏悔些什么,他只说了一句:

　　　　不觉有余事,惟忆与郗家离婚……

并且给郗氏写了这封诀别的信。

别郗氏妻

王献之

虽奉对积年,可以为尽日之欢,常苦不尽触类之畅。方欲与姊极当年之足,以之偕老,岂谓乖别至此。诸怀怅塞实深,当复何由日夕见姊耶。俯仰悲咽,实无已已,唯当绝气耳。

[学其短]

◎ 本文录自《全晋文》卷二十七。

◎ 王献之,字子敬,东晋临沂(今属山东)人,王羲之之子。

◎ 郗氏妻,名道茂,高平(今山东微山)人。

◎ 触类之畅,"类"字据《汉魏六朝百三家集》改。《全晋文》本作"颇",余嘉锡《世说新语笺疏》作"额"。

◎ 当年之疋,"疋"《汉魏六朝百三家集》作"足"。

死　别

[念楼读]

　　流放在万里外的蛮荒之地多少年,本该死在那边的,却死不了。好不容易回到自己熟悉的地方,还未定居下来,便得病快要死了,难道不是命该如此吗?

　　但我知道,个人生死,不过天地间一小事,所以并没有什么需要诉说。

　　大师深明佛学,精通佛法,发愿普度众生,永别之时,盼能为此珍重。

[念楼曰]

　　说人贪生怕死,好像很难听,其实不过是一切动物包括人的本能。当然动物也有不怕死的时候,如蜂之卫王,兽之护幼;假如要对自然法则做道德的判断,也可说是无私无畏。不过动物没有人脑子,不会讲"成仁""取义"一类的话。

　　但死终是每个人必然的归宿,再贪生也贪不到永生,再怕死也不可能不死,能够不夭死、不横死、不枉死就不错了。若后代已经长成,本身机体已坏,还要苦苦挣扎,求上帝或阎王判官缓发通知,既属徒劳,亦觉无谓。

　　苏轼说是活了六十六岁,其实满六十四还差半年,挨了那么久的整,刚刚回来就要死,自然不会毫无留恋。但是他明白,人在"命"也就是自然法则面前是"不足道"的,所以也就能平静对待,不失常态。

　　他不能逃过死,却能死得不失风度。

与径山维琳

苏轼

某岭海万里不死,而归宿田里,遂有不起之忧,岂非命也夫。然死生亦细故尔,无足道者。惟为佛为法为众生自重。

[学其短]

- ◎ 本文录自《苏轼文集》卷六十一,作者时在常州,已病重,半月后去世。
- ◎ 苏轼,见第3页注。
- ◎ 径山,杭州佛寺。
- ◎ 维琳,僧人,俗姓沈,好学能诗。苏轼为杭州通判时,请其到径山寺住持。三十年后,苏轼北归,途至常州发病,维琳得信即来常州照料,直至苏轼去世。

义 无 反 顾

[念楼读]

　　临死之前,我的心中充满了自豪。凭着一身浩然正气,相信我绝不会下地狱,儿子你尽可放心。

　　生当乱世,时局艰危,你不可自暴自弃。虽然幽明异路,我还是会时时照看着你的。

[念楼曰]

　　韩玉是金朝屈死的忠臣。他曾率兵大败西夏,上官忌其功,反诬他通夏人,下狱论死。这是他在狱中所写的遗书。

　　只在荧屏和银幕上看过岳飞和兀术的人,可能会认为"金邦"的臣民不是敌寇便是汉奸。其实《金史》和《清史稿》一样早已成为中国的正史,金人——满人早已成为中国人,元好问、关汉卿一直被认为是中国的诗人、剧作家。如果说南宋有忠臣,金朝又何尝不能有忠臣。

　　忠臣的绝笔包括遗书传世者相当多,韩玉此篇文句简洁,可称佳作。他是相信死而有知的,故能"此去冥路,吾心浩然"。我们读了这封信,也不禁要想,冥路恐怕还是应该会有的吧,虽然它的名字可以叫作极乐世界,叫作天国,或者叫作乌托邦,叫作什么主义。

　　有了这个地方,像韩玉这样的忠臣烈士,会死得更加义无反顾。不能写信的人喊起"二十年后又是一条好汉"来,嗓音也会更亮了吧。

临终遗子书

韩 玉

此去冥路，吾心浩然，刚直之气，必不下沉。儿可无虑。世乱时艰，努力自护幽明，虽异宁不见尔。

[学其短]

◎ 本文录自叶楚伧《历代名人短笺》。
◎ 韩玉，字温甫，金渔阳（今北京密云）人。

朝闻夕死

[念楼读]

弟弟和孩子们读书,一定要读经世致用的书,背诵八股文章是没有用处的。吕坤的《呻吟语》一书,内容切实,尤其不能不读。

我身为大臣,不能救亡拯艰,只能一死报国,虽然抱歉,却无遗恨。"朝闻道夕死可矣"的古训,总算一是一、二是二地照做了,你们不必难过。

[念楼曰]

明朝先亡于李闯,后才亡于清朝。李闯进京,一路上迎降者多,抵抗者少。武臣坚决抵抗,力战至死的有周遇吉,京剧《宁武关》将他演得有声有色,可惜却因为"反对农民起义"被禁演。文臣坚守危城而死国的,则有写这篇遗书的朱之冯。

关于"臣死国",李(贽)卓吾讲过一番很精彩的话,大意是说,读圣贤书,是教你如何为国做事,不是如何以死报国。朱公是天启进士,靠"咕哔之学"也就是八股文章做官的,遗言说"咕哔之学无用",正是他以死换来的教训。

朱之冯为崇祯守宣府,闯军大举来攻,他的办法只有"于城楼设太祖位歃血誓死守",再就是"尽出所有犒士"。可是"人心已散,莫为效力",于是他只能于城破日悬梁自尽了。但他留下的"读书须读经世书",却是深切明显的道理。临死仍不忘向子弟介绍必读的好书,其从容就义,实在比慷慨赴死更难。

甲申绝笔

朱之冯

吾弟吾儿读书须读经世书,咕哗之学无用也。吕新吾先生呻吟语不可不读。我以死报国,此心慊然,朝闻夕死,原无二也,勿以为念。

[学其短]

◎ 本文录自叶楚伧《历代名人短笺》。
◎ 朱之冯,字乐三,明末大兴(今属北京)人。

切勿失信

[念楼读]

扬州早晚就要失守了。辛苦了好几个月,仍然得此结果,也是意料中事。

城破之际,便是我死之时。尽忠朝廷,乃是臣子的本分;只是先帝的大仇未报,未免遗恨。

后事已托副将史德威办理。我已答应将他收入本支,列为侄辈。请叔父、长兄、诸弟、诸侄千万勿使我失信。

[念楼曰]

初识字时国难当头,小学校里高挂着岳飞、文天祥、于谦和史可法的画像,还唱《满江红》,读《正气歌》,《答多尔衮书》和《咏石灰》随后也读到了,读时都带着感情。对这几位,我心中当然是十分敬佩的,但总不禁要想,为什么我们的英雄都是失败者,不成为烈士便成了冤魂呢?

几千年的历史,正如《三国演义》开头所说,"合久必分,分久必合","分"和"合"都少不得有战争,会死人,忠臣烈士、叛贼汉奸都少不了,历史上记载得明明白白。但评说历史人物,却是一件并不十分容易的事。我并不是专门研究历史的专家学者,对于上述问题,也只好"存而不论"了。

在这里我想说的只有一点,就是史可法要将"为我了后事"的史德威"收入吾支",请叔父长兄等"切勿负此言"。此看似细事,而重然诺不苟且的精神,却和他克尽臣节同样是人格的表现,从小亦能见大。

遗 书

史可法

可法遗书于叔父大人长兄三贤弟及诸弟诸侄。扬城日夕不守,劳苦数月,落此结果,一死以报朝廷,亦复何恨。独先帝之仇未复,是为恨事耳。得副将史德威为我了后事,收入吾支为诸侄一辈也。切勿负此言。四月十九日可法书于扬城西门楼。

[学其短]

◎ 本文录自叶楚伧《历代名人短笺》。
◎ 史可法,号道邻,明末祥符(今开封)人。

嬉笑赴死

[念楼读]

大儿记着：菜菔子、盐水豆合在一起，细细咀嚼，居然可以嚼出核桃肉的滋味，这是我独有的经验。只要这一点不失传，要砍头便砍头，我也没什么遗憾了。

[念楼曰]

金圣叹的文章，向来别具一格，绝不一般。他因"哭庙之狱"，和其他十七个秀才一同被斩，做了专制政权屠刀下的惨死鬼。《字付大儿》是他最后的遗墨，也写得别具一格，绝不一般。这和他的绝命诗：

　　鼚鼓三声响，西山日正斜。黄泉无客店，今夜宿谁家。

还有他临刑时说的一句话：

　　断头至痛也，籍没至惨也，而圣叹以无意得之，大奇。

风格都是一致的。据当时人记录，金氏说了这句话后，"于是一笑受刑"，可见他是嬉笑赴死的。这种嬉笑实在是对于专制威权的一种蔑视，因为是嬉笑而非怒骂，故得以流传开来，也就等于公开宣告，"民不畏死，奈何以死惧之"，比得上嵇康的一曲《广陵散》。

有人指责金圣叹的嬉笑，以为这是"在鼻梁上涂白粉装小丑"，"将屠夫的凶残化为一笑"。这就不仅对金圣叹不公平，而且和刑场上的看客嫌死刑犯没大喊"二十年后又是一条好汉"觉得不过瘾一样，实在太没人性了。

字付大儿

金人瑞

字付大儿看盐菜与黄豆同吃,大有胡桃滋味,此法一传我无遗憾矣。

[学其短]

- ◎ 此文录自徐珂《清稗类钞·讥讽类》。
- ◎ 金人瑞,字圣叹,明末清初江苏吴县(今苏州)人。

不要鸡心式

[念楼读]

（信纸上只画了个鸡心形，画旁有大意如下的一行字）

我托购的物件赶快送来吧，千万不要送流行的鸡心式啊！

[念楼曰]

苏曼殊病危时，从上海宝隆医院寄了封信给广州的胡汉民，上面这页让转交萧萱，萧想了些时才恍然大悟：

"苏和尚恐怕快不行了，这是叫我赶快买一块不是鸡心式的碧玉，好带上去见他先死的未婚妻啊！"

原来，曼殊幼年时，曾经同某氏女订婚。双方门当户对，两小无猜，心知心许。不幸苏父猝死，苏母为正室不容，只身回到日本。曼殊十五六岁时欲东渡寻母，在广州市上卖花筹资，与女子偶然重逢，女含泪解方形玉佩为赠，曼殊始得成行。女子后来忧病早逝，没有等到曼殊归来。据《世载堂杂忆》：曼殊在上海与萧萱"共据一室，自道其详，欲将其事撰成长篇小说，伏枕急书，未数行，则已双泪承睫……卒未能将其书印成"。

萧"即在市购方形碧玉一块，由徐季龙（谦）带沪。则曼殊病已危殆……强以手承玉，使护士扶手，以唇亲玉，欣然一笑而逝"。

古人有言"一死一生，乃见交情"，以为今已难得一见此种情谊矣。佛家戒贪嗔痴，交情即是爱，亦即是痴；能够超越生死，如《旧约》所云"如死般坚强"的交情和爱，更是大痴真痴。曼殊上人往生时还念念不忘"不要鸡心式"，虽饮酒食肉，亦可称高僧大德，真值得一切有缘的善男子善女人顶礼崇拜。

与萧萱

不要鸡心式.

苏曼殊

[学其短]

- ◎ 本文录自刘禺生《世载堂杂忆》,有董必武序,称其"多遗文佚事……甚可喜,亦可观也"。
- ◎ 苏曼殊,字元瑛,广东香山(今中山)人。父亲侨商日本时与日本女子所生,幼年出家为僧,后曾留学日本。
- ◎ 萧萱,字纫秋,湖北均县(今丹江口)人。曾为上海市文物保管委员会特邀顾问。